黑鹤 动物文学
名师导读全彩珍藏版

狼谷男孩

LANGGU NANHAI

格日勒其木格·黑鹤 著

化学工业出版社
·北京·

图书在版编目（CIP）数据

狼谷男孩/格日勒其木格·黑鹤著.—北京：化学工业出版社，2019.6
（黑鹤动物文学名师导读：全彩珍藏版）
ISBN 978-7-122-34199-0

Ⅰ.①狼… Ⅱ.①格… Ⅲ.①儿童小说-中篇小说-小说集-中国-当代 Ⅳ.①I287.47

中国版本图书馆CIP数据核字（2019）第057590号

责任编辑：李雅宁　　　　文字编辑：李　曦
责任校对：王素芹　　　　装帧设计：尹琳琳

出版发行：化学工业出版社
（北京市东城区青年湖南街13号　邮政编码100011）
印　　装：天津图文方嘉印刷有限公司
710mm×1000mm　1/16　印张10
2019年7月北京第1版第1次印刷

购书咨询：010-64518888
售后服务：010-64518899
网　　址：http://www.cip.com.cn

凡购买本书，如有缺损质量问题，本社销售中心负责调换。

定　　价：29.80元
版权所有　违者必究

语文老师读黑鹤

十几年前，我买了一本蒙古族作家格日勒其木格·黑鹤的《重返草原》，那时候的他，年轻、帅气逼人。那时候的我，没有去过草原，但透过他的文字，领略了草原的魅力，对北方丛林多了一份向往。

2016年4月，在南京，聆听黑鹤老师讲述童年在草原的生活和文学创作的故事，我被他的真性情打动，陆续买了他的很多书。

2016年9月，我去了呼伦贝尔，穿越了黑鹤笔下的森林和草原，对他的文字多了一份共鸣和热爱。我和孩子们聊他的《驯鹿牛仔裤》《黄昏夜鹰》《黑夜之王》等作品，孩子们非常喜欢，都希望有一天，能够去他在呼伦贝尔的营地体验生活。

我曾经问过黑鹤，你写的这些故事都是真的吗？他说，细节都是真实的。我想正是因为这种细节的真实，才让人读来仿佛身临其境。

亲爱的孩子们，你以前读过黑鹤的作品吗？第一次打开他的书，也许，你会立刻喜欢上他那诗意、蓬勃、有张力的文字，恭喜你，你是一个高品位的阅读者；也许，你会觉得，他的文字有一点深奥，尤其是开头，非常难以进入阅读状态，不太想继续阅读，不要着急，跟着我，慢慢来。一旦你读进去，就会一头扎进去，掉进一个神奇、广袤、曼妙的世界。

——吉忠兰

目录
---- CONTENTS ----

狼谷的孩子 — 1

一 冬——每一片雪花 — 3
二 春——青草长高的时候 — 25
三 夏——莫日格勒夏营地 — 42
四 秋——风过金草地 — 54
五 冬——静静的山谷 — 62
六 春——羔羊 — 78
七 夏——夜 — 104
八 秋——云影 — 113

狼辙 — 119

季节的更迭　生命的轮回
　　——《狼谷男孩》阅读活动 — 146

狼谷的孩子

"

正在落雪，母亲，雪飘落乌克兰。

——《冬》保罗·策兰❶

他们总不会在黑夜发起攻击？维代拉尼一面问，一面抚摸着他那头大得可以一尾巴打到人嘴巴的狗。

——《哈扎尔词典》洛拉德·帕维奇［塞尔维亚］

"

---

❶ 保罗·策兰：Paul Celan（1920—1970），生于泽诺维奇（原属奥匈帝国，帝国瓦解后归属罗马尼亚，今属乌克兰）一个讲德语的犹太家庭，父母死于纳粹集中营，他本人在朋友的掩护下幸免于难，后被强征为苦力修筑公路，历尽磨难，于1948年定居巴黎。以《死亡赋格》一诗震惊第二次世界大战后的德语诗坛，之后出版多部诗集，达到令人瞩目的艺术高度，成为二十世纪下半叶以来继里尔克之后在世界范围内产生深刻影响的最重要的德语诗人。

冬

每一片雪花

推开厚重的毡帘,弯腰钻出毡包,那日苏吸了一口外面的空气,那是一种实在得似乎拥有质感一样的冰冷。

只这一口冷气,他就被寒气呛住了,喘不过气来,他感觉自己的肺都冻住了。

他尝试着咳嗽两声,向卧着的羊群走去。

天刚刚亮,淡蓝色的晨光带着冰块般料峭的严寒包裹着这个早晨。

这是初春的早晨,几乎是草地最冷的时候。

他像往常一样清点着羊群,抬头看到巴努盖❶卧在距离毡包不远的一个雪堆上,慢条斯理地舔舐着自己的后腿。

那日苏以为它只是在昨天晚上驱赶狼群时受了轻伤,没当回事。

---

❶ 巴努盖:蒙语译音,熊之意。

他在羊群中转了一圈,数过之后,松了口气——羊的数量没有少。他又穿过羊群,在羊呼出的热腾腾的雾气中,他大略地打量了一下所有的羊。羊的身上没有被咬伤撕裂的伤口,看来,昨天晚上,牧羊犬❶整夜的咆哮与撕咬还是起到了作用,饥饿的狼群没能侵入羊群。

羊群边的雪地被践踏得一片狼藉,有些地方像被犁过一样,露出雪层下稀薄的草地。周围的雪地上满是爪印,有些是牧羊犬的,更多的应该是狼的。那日苏注意到今年冬天狼的爪印特别大,显然,这些狼似乎不是狼谷里的本地品种,应该是从蒙古国那边翻越边境过来的。

随后,那日苏从羊群的另一侧绕过,经过巴努盖的身边时,顺便扫了它一眼。突然,他感觉巴努盖的脸上少了点什么。

他再仔细看,发现巴努盖的左眼已经不见了,只剩下一个幽深的空洞,这个空洞里倒是没有多少血流出来。

他俯下身,捧住巴努盖的头,仔细地查看了一下它的伤口。

它的整颗眼球都被掏掉了,非常彻底,甚至连视神经也被

---

❶ **牧羊犬**:此处指蒙古草原牧羊犬。内蒙古草原牧区大型原生犬种,在蒙古区也有分布。体硕毛长、体格健壮、性情凶猛,主要用于牧区营地护卫、放牧牛羊。但由于缺乏保护,现在优良的品种已经非常稀少。目前俄罗斯专家猜测,此犬种可能比藏獒的血统更为久远,但国内尚没有专家对此进行论证。

扯断了，没有什么残留。

这样挺好，伤口更容易愈合。

巴努盖的腿上还有几处轻伤，对于它来说，那算不了什么了。

它见得太多了，它的身上都是与狼搏斗时受伤又愈合后留下的伤疤，头脸和身上这些纵横交错的伤疤上面都生了灰色的毛，使它看起来更显凶悍。

他轻轻地按了按巴努盖眼眶周围已经冻成冰碴的血块，想估计一下伤口的严重程度，但巴努盖从宽阔的胸腔中发出浑厚的低吼。那是爆破般吠叫的前奏，随后，它会用自己的利齿在那日苏的身上留下恰到好处的齿痕，以示对侵犯自己的人类的惩罚。除了扎布，这世界上好像没有它不咬的人。

那日苏轻轻咒骂一声，放开它的头。但即使如此，他的动作也尽量小心，不想让它的头受到震动。

他向毡包走过去时，卧在毡包边的两只刚刚一岁的小狗，慢慢地站了起来，它们厚重的皮毛上挂满了白霜。

它们受的伤看起来似乎更重一些，那只被那日苏叫作白雪的纯白色牧羊犬身上的毛几乎都被血浸过，变成了粉红色；黑色牧羊犬丹克❶的嘴肿胀得几乎比原来的一倍还大，它小时候长得就壮，所以那日苏给它取了丹克这名字，此时这肿大的嘴使它看起来更像一头熊。

两只狗少了往日见到他时的活泼，它们显得异常安静，似乎昨天那个狂乱的夜晚让它们身体里的某些东西永远地消逝了，它们不再是小狗了。

此时，它们的身体上笼罩着一种房屋拆迁后的颓败和荒寒。

走近了，那日苏注意到白雪身上只是被小伤口流出的血染红的，伤得并不重；倒是丹克伤得更重一些，腿上有一些贯穿的伤口，尽管先前流出的血已经结冰，但仍然有新的血流出来。

寒冷减缓了血流的速度。

它的鼻子也豁了。

从冬天到现在经历了数次狼群的侵袭，这一次营地里的牧羊犬遭到了最沉重的打击。

钻进毡包里，羊粪燃起的炉火升腾的热气扑面而来。在这种强烈的对比之下，寒气似乎缓慢而坚决地从全身的每个毛孔里渗透出来，那日苏不禁打了个哆嗦。

---

❶ 丹克：蒙语译音，茶壶之意。

正坐在炉火前修理鞍子的扎布抬起头，显然是注意到了那日苏的动作。

"冷，外面很冷。"那日苏回答。

尽管扎布什么也没有问，但他知道扎布那探究的目光是想问什么。

他不需要说话，只要目光就足够了。

那日苏坐在火炉前，伸出双手烤着火，让炽热的炉火驱赶着他体内几近凝固的寒冷。

修补这个镶有银饰的古老鞍子，几乎是他每天早晨的例行公事，当然，也更像一种富有仪式感的行为。

扎布终于完成了他的工作。最后，他用一块发黑的皮子在银饰上擦了几下。

"巴努盖没了一只眼睛，"他还想具体说一下是哪一只眼睛，可是一时又想不起来到底是哪只，只好告诉扎布，"另外两只小狗也受了伤。"

扎布刚开始似乎没有听清他在说什么，随后抬起了头，在从毡包顶泻下的微弱光线下，那日苏感觉他脸上的每一道黑色的皱纹似乎是从他降生时就刻在那里的。

他没有再说什么。

天更亮一些，那日苏骑马赶着羊群离开营地时，看到扎布正用一块黄油小心地涂抹着巴努盖那个空洞的眼眶，那鬼怪般的老狗竟然顺从地任由扎布处理自己的伤口。

所有的人都知道，那狗，除了扎布，谁也抓不着。

并没有过多长时间，仅仅四天之后的一个夜晚，又有一群狼冲进了营地的羊群。

整个夜晚，白雪和丹克都不安地对着地平线吠叫。它们知道那里有什么，不过，那些饥饿的野兽仅仅是远远地观望，不会轻易地发动攻击。

它们很有耐心地等待着,直到营地里的牧人和牧羊犬都对这种等待感到厌倦,失去耐心时,它们才会发起进攻。

在遥远的地平线上,那些野兽呼朋唤友般地互相打着招呼,那高亢的嗥叫顺着谷底直冲云霄,回荡在冰封千里的草原之上。千万年来,它们就生活在这里,它们经历过漫山遍野的黄羊❶群呼啸而过的黄金般的日子,也曾在草原围捕的洪流中落荒而逃,一直逃出国境线,进入蒙古国。

整个冬天,不止一个狼群会回到这片谷地,这是它们祖先的游猎之地。

狼嗥,是冬日草原夜晚的一个重要组成部分。在冬天的夜晚,一声遥远的嗥叫像一朵从地平线后面升起的小小的火苗,微弱但清晰,很快,更多的火苗此起彼伏地燃起。当然,当这些火苗集聚在一起,并且为相互间默契的应和而沾沾自喜时,营地里的牧羊犬就开始不安了,它们略显惊恐却也颇为期待地咆哮着,围护着紧紧挤在一起的羊群,它们整夜都是这样的。

---

❶ 黄羊:也称蒙古黄羊或蒙古瞪羚,隶属于偶蹄目牛科。体长100~150厘米,尾长5~12厘米,体重20~35千克。雄性角短而直,表面有明显紧密的横棱。尾巴很短。体毛黄褐色,腹面和四肢的内侧为白色,尾毛棕色。臀部有白色斑点。四肢细长,前腿稍短,角质的蹄子窄而尖。分布于中国东北、西北、华北地区,以及蒙古和俄罗斯西伯利亚南部等地。栖息于半沙漠地区的草原地带,性喜群集。善于跳跃和奔跑。以杂草、灌木等为食。晚秋和初冬时节交配。每胎产1~2仔。1~2岁达到性成熟。寿命为7~8岁。

有时候，那日苏倒是不能想象没有狼嗥的夜晚。

在温暖的毡包里，扎布和那日苏都很清楚，只要巴努盖不发出声音，那么无论白雪和丹克叫得多么急迫，所谓的狼群来袭也不过是虚张声势罢了。

终于，直至凌晨时分，在白雪和丹克略显疲惫的呜呜咽咽的叫声中，传出如闷雷般撼人的一声吠叫。

那吠叫声听似并不响亮，但那日苏隔着毡壁却感到自己的鼓膜被震得嗡嗡作响。

这种浑厚的吠叫声可以轻易地在空旷的草原传出数里之外。果然，随着这一声吠叫，那些此起彼伏的狼嗥声顿时戛然而止，四野一片寂静。

根据这声穿透力极强的吠叫判断，那些对营地中的羊觊觎已久的狼群突然发现，在这营地里还有一头牧羊犬，与那两只不知轻重胡叫乱号的小狗显然不是一样的货色。整个夜晚它都不曾发出一点儿声音，沉稳地卧在营地里，直到它们准备真正开始袭击时，它才恰到好处地狂吠一声，以示警告。

这是一头很有经验也很难缠的老狗。

但是仅此而已，饥饿的力量比一头难缠的老狗更可怕。它们决定进攻了，即使此时营地里有一门大炮在等待着它们，它们也会毫不犹豫地冲进来。现在它们什么也看不见，只是盼着尽快冲进羊群，寻找羊肉抚慰饥饿的肚腹。

那日苏和扎布拎着枪冲出去的时候，外面一片漆黑，什么也看不见。

扎布冲着天空放了一枪，伴着火光，爆裂的巨响让那日苏感觉似乎周围的空气都让这枪声吸空了。枪声的余韵像巨人远去的脚步声一样，越来越远。

那日苏举起了火把。

羊群死死地挤成了一团。

在羊群前面，巴努盖身下压着一头野兽，正狂暴地甩动着头颅。

等他们跑到跟前时，巴努盖身下的野兽正发出痛苦的呻吟，像小孩子一样抽咽着。

巴努盖已经解决了一切。那头狼的喉管已经被撕开了，那日苏只听到像水中冒出的气泡般的"噗噗"声。

白雪和丹克正绕着羊群在奔跑，吠叫声中带着兴奋的颤音。显然，羊群里还有狼没有逃走，它们藏在羊群的中间。

胆怯的羊在面对恐惧时的唯一办法就是紧紧地挤在一起，以向身边的同伴无限靠近的方式来消除自己的恐惧。

有时候，当狼挤进羊群里寻找最肥美的羊时，也会因为被挤得太紧而寸步难行。现在，就有狼被困在羊群里面。

那日苏用力地挥舞着蘸满煤油的火把，冲着挤成一团的羊群，发出像野兽一样粗鲁的号叫。

终于，在对火和人类的恐惧的双重压迫之下，两头狼一前一后地从羊群的正中间挤了出来，连蹦带跳，趔趔趄趄地踩踏着羊的背脊跳了出来。

这个冬天，看来这些狼的日子并不好过，它们瘦得似乎只剩下一副皮毛裹着的骨架，几乎是轻轻地从羊群上飘了过去。

它们落地之后，就以惊人的速度向黑暗中跑去了。

扎布的枪响之后，前面的那头高速奔跑的狼被来自它身后的更大的力狠狠地向前推去，一头扎在雪中，再没有起身。

扎布没有开第二枪。白雪和丹克已经追过去了，再开枪他怕伤了狗。

那日苏摇晃着火把高声呼唤着追进黑暗之中的白雪和丹克。

黑暗之中，是狼族的世界，在那里，狗永远不是狼的对手。

那是草原上的牧羊犬必须学习的一课，它们一旦追得太远，恐怕就再也回不来了。

还好，它们很快就跑回来了。

在这次对抗中，它们能够存活下来，就获得了宝贵的经验，越来越多的经验积累，就会让它们成为真正的牧羊犬。

火把已经快要熄灭了，那日苏回头看时，发现扎布正蹲在巴努盖身边，查看什么。

那日苏这才意识到，刚才在两头狼奔出羊群时，巴努盖竟然没有跟随过去，在这种时候，它向来是领着两只牧羊犬冲在前面的。

那日苏走过去，借着将要熄灭的火把闪烁的微光，看到扎布正掰着巴努盖的头，它右脸颊新增了一道伤口，血已经被冻得凝固，好像它脸上有一块赤红色的铠甲。这种伤没有什么，但是，他注意到，在伤口的上端，垂挂着像血块一样的东西，再仔细看，那是巴努盖已经松脱的眼球。

巴努盖一动不动地蹲坐在原地。

扎布尝试着抱起巴努盖，使出吃奶的力气试了几次都没成功。巴努盖对于扎布来说太沉重了。

最后，毫无办法的他站了起来，用手拎住巴努盖颈部的皮，扯着它向毡包走去。

巴努盖犹豫着，试着走了一步，显然还不适应这种行走方式，甚至发出略显惊恐的低嗥。

扎布呵斥一声,拖着它继续向前走,就这样将它跌跌撞撞地弄进了毡包。

那日苏拎着枪跟进毡包时,扎布正借着蜡烛微弱的光线试着将巴努盖脱落的眼球复位。在寒冷的天气里,只是暴露在空气中那么短短的一刻,眼球已经冻得像冰块一样了,根本无法回复到眼眶中去。

忙乱的扎布低声地咒骂着。

那日苏困得厉害,重新缩回到自己的被子里。很快,当炉火的温暖驱散了身上的寒气之后,他就睡着了。

那日苏在睡梦中偶尔惊醒,翻身时看到扎布还在忙碌。他将白酒倒在刀上,正在火上燎烤,刀子上面的高度白酒燃烧起来。于是这把锈蚀丑陋的刀似乎在一瞬间拥有了新的生命,被美丽的青色火焰包围,在扎布的手中翻滚着。此时它是一把拥有了魔力的刀。

那日苏很快又睡着了,在进入睡梦的最深处时,似乎听到一声被憋进胸腔的压抑的咆哮。

在那个夜晚,巴努盖失去了另一只眼睛。

在早晨,扎布给两头狼剥皮时,那日苏注意到这两头狼的毛色比当地的狼的毛色更深一些。显然,它们是从边境的那一边过来的。

失去了双眼的巴努盖蹲坐在毡包的门前，似乎一直在向远方的地平线上观望。

整整两天，巴努盖几乎没吃什么，对扎布放在它面前的食物偶尔闻一闻，但没有碰一下。

那日苏以为它身上还有其他的部位受伤了，但是当丹克凑到它的食盆边偷食物时，巴努盖一声咆哮狠狠地咬向丹克的腰腹，丹克哀号着跑开了。

那群狼很快又一次来袭击营地了。

那日苏持着火把冲出去时，牧羊犬和狼在羊群前已经混战成一团，这一次，狼群连进攻前的习惯性试探都取消了。

扎布怕伤到与狼纠缠在一起的牧羊犬，仅仅是向空中放了一枪。

那"咕咚"的一声巨响，也许是与那日苏的距离太近了，他感觉自己脚下的大地都在震颤着，眼前所有的景象都在摇晃。

在一片动荡的景象中，在火把投出的光线中，被枪声吓得从一片混乱中跑走的，一共有四头狼。它们的毛色像是一种青色上有墨汁洇开般更深的颜色。

最后跑开的那头狼大得出奇。因为它们拥有与黑夜更加接近的颜色,几乎在一瞬间就消失在黑夜之中了。

这时,那日苏才注意到,其实白雪和丹克一直都是在这乱成一团的战场外面助势,它们并不在里面。

雪地上还剩下两头动物,瘫躺在那里,而那雪地上一簇簇发黑的斑块,应该是血。

扎布端着上了膛的枪慢慢地走了过去。

随后,他就将枪放在一边,蹲了下去。

那日苏努力举着火把为扎布照亮,尽量不投下阴影。

两头动物是巴努盖和一头狼。

那日苏还勉强可以辨认出那是巴努盖。

但仅仅是勉强,它身上的皮被大片地揭开,一条后腿显然已经被咬断,耷拉着,脖子几乎被撕烂了。而致命的伤是腹部那道可怕的创口,腹部被自上而下地整个撕开了,几乎所有的内脏都流淌出来了。

而巴努盖压在身下的那头大狼,被它咬住了咽喉,早就窒息了。

那日苏无法想象没有视力的巴努盖是怎样迎击这些狼的,大概是跌跌撞撞地循着气味冲过去,一口咬住那头狼之后就再也没有松过口，任由其他的狼在自己的身上踩躏，撕出巨大的伤口。

巴努盖瘫躺在地上，一动不动，但仍然死死地咬着那狼的咽喉。

扎布试着慢慢地掰开巴努盖的嘴，但毫无意义，似乎已经锁死了。

扎布不得不抽出自己腰间的刀，一点一点小心地撬开巴努盖的牙关。

终于分开之后，巴努盖的口中发出了像古老的门扇打开时的"咯咯"声。

巴努盖刚刚松开嘴，白雪和丹克就咆哮着扑向那头已经死去的狼，狠狠地撕咬着。

随着它们的扯动，那日苏注意到，那狼的颈骨已经断裂，而整个脖子几乎都被巴努盖咬断了，只剩后颈还有一些肉连接着。

内脏流淌了一地的巴努盖，根本没有办法直接挪动。最后，那日苏找了一条皮褥子，和扎布一起将巴努盖抬起，放在褥子上。一起放在上面的，还有巴努盖已经被冻硬的内脏。

两个人将褥子拖进了毡包。

整个夜晚，扎布用酒洗了手之后，将巴努盖脱出的内脏填回到肚腹中，又用大号的钢针将伤口缝合。

巴努盖身上的伤口太多了。

当扎布终于将它身上那些伤口缝合好的时候，巴努盖看起来更像一头被重新拼凑起来的狗。

在整个缝合的过程中，巴努盖没有发出任何声音。那日苏不时地摸摸它的脖颈，感受到动脉缓慢的律动，以确定它还活着。

似乎是为了证明什么，巴努盖已经没有眼球的眼睛偶尔会眨动一下。

天快亮的时候，扎布终于缝合了最后一道伤口。他呻吟着扶着腰站了起来，整个夜晚他俯身太久了。

扎布拿起酒瓶喝了一口，然后用破布擦了擦手，就歪倒在褥子上睡着了。

昏睡中的那日苏似乎听到了什么响动，他睁开眼睛，在包顶透进的微弱的晨光中，他看到巴努盖竟然已经站了起来。

他一阵欣喜，轻轻地唤了一声。

但巴努盖对那日苏的呼唤毫无反应。

它仅仅是站在那里，但似乎有些东西失去了，好像在它被重新组装的过程中，它已经忘记了很多事。

也许是因为身上的毛都被血浸湿了，它显得小了很多。

它的身体僵硬如木头，腿几乎是僵直着慢慢地向前移动。它在试探着，它知道背对着位于毡房中间炽热的火炉，但它选错了方向，当它的鼻子碰到哈纳❶时，它停了下来，思考了很长时间，然后用鼻子探索着哈纳，沿着哈纳的弧形慢慢地移动。

它太累了，每移动一步，似乎都要思考很久，是否还要迈出下一步。

每一步都耗费了它所有的力气，需要很久的时间积聚力量才能挪出下一步。

终于，它挪到了毡包的门口，将鼻子探出毡帘后，它的身体轻轻地抽搐了一下。

那日苏正想阻止它离开毡包——现在出去很容易冻伤刚刚缝合的伤口，他听到扎布用鼻子发出一个制止的声音。

原来他也醒了。

就这样，巴努盖用鼻子挑开了毡帘，钻出了毡包。

一抹青色的晨光将它笼罩其中，随后，毡帘在它的身后合拢，毡包重又归入昏暗之中。

---

❶ 哈纳：蒙古包围壁的木架，以榆、柳或杨木制成。将木料制成粗细均匀、长短一致的木棍并刨光，再将木棍烤弯，在两端和中间钻眼，用马或骆驼的生革线将木棍交叉穿结成栅栏状。每块哈纳用30根木棍，高1.5米左右，长2～2.3米。一个蒙古包需要多块哈纳。

天大亮时,那日苏出了毡包。

丹克和白雪卧在毡包前舔舐自己身上的那些细小的伤口,看到他,起了身,摇了摇尾巴,算是打招呼。但是,它们看到那日苏循着巴努盖留下的爪印往草地里走时,并没有跟过来。

其实,巴努盖也没有走出多远,它的爪印几乎一直在雪地上拖行。

它卧在毡包东南一个舒缓的雪坡上,头冲着营地的方向,毛上结了一层薄薄的霜,就那样冻硬了。

那日苏试着将它抱起来扛回到营地里去,但它身上流出的血已经将它紧紧地冻在地面上,结实得像被焊在那里一样。

那日苏走回营地时,扎布正在剥那头狼的皮。

那日苏从他身边走过时,他并没有抬头。

已经冻硬的狼,应该放在毡包里缓一缓,否则皮根本就剥不下来。

寒冷的风吹得那日苏几乎喘不过气来,他听得见走在前面的扎布一样在喘息,呼出的热气一瞬间就被风吹走了。

齐膝深的雪,每一次落脚,都要等上一会儿才能拔出来,再踏出下一步。

他们在谷底下了马，剩下的路就得靠自己走了。

那日苏自己走都很费力，但扎布还扛着巴努盖，更显得艰难。

那日苏想跟上去，帮帮忙，但他下马时慢了几步，所以，一直爬到山顶，他也没有跟上。

山顶的风更大，山的另一面是更加空荡无边的草原。风吹起雪花打在脸上，那日苏感觉自己的脸早已经麻木，不再属于自己了。

天很冷，但到底有多冷，那日苏不知道。

山顶也许是因为总是有风掠过,将积雪带走,所以还裸露着一些石头。

扎布喘息着将肩上的巴努盖放下的时候,巴努盖与地面的石头相碰,竟然发出钢铁与坚硬的石头相碰般铿锵的声音。

这么一会儿的时间,它已经冻得像石头一样了。

扎布双手扶着腰在那里喘息,胡子和睫毛上都结着霜。

那日苏站在扎布身边,背对着风,感觉自己终于可以喘过气来。

他的脸已经没有感觉了。

扎布随后蹲下，抽出腰间的刀，几乎没有费什么力气就切下了巴努盖的尾巴。那日苏感觉巴努盖的尾巴短得有些不可思议，此时他才想起来，巴努盖的尾巴在一次与狼的争斗中被咬断过。

那时，那日苏还没有降生呢。

扎布将巴努盖的尾巴放在它的头下，随后不知道从什么地方取出一小块黄油。

他本来想试着将黄油抹在巴努盖的嘴唇上，但黄油已经冻硬了，索性他就轻轻地掰开它已经冻硬的嘴，将黄油放在了它的嘴里。

仅仅这几个简单的动作，那日苏注意到扎布的手已经变成了另一种颜色。做完这些，扎布就将手掖进了袍襟里。

他站起来后想了想，似乎在判断方位，随后又蹲下将巴努盖的头调整了一下方向，重新将尾巴在它的头下放好。

那日苏不知道巴努盖的头到底冲着什么方向，但似乎是冲着风去的方向。

他们下山。

远远地，拴在谷底的两匹马已经变成白色了。

风卷过空荡无边的草原，他们骑着马回营地。

二

春
青草长高的时候

这是草原上最荒寒的季节。

那日苏起得很早,他在热茶里泡了两条肥瘦相间的羊肋肉,急急忙忙地吃下去,就骑马上路了。这样,他才能在天黑之前赶回营地。

他要穿越草原,去另一个营地。

那里曾经是成吉思汗的妻子孛儿帖的出生地。

前些年,那日苏去过那片草原,那里的草地上遍布大大小小的玛瑙石,大的有拳头大小,小的也就和百灵鸟蛋差不多。当时,那日苏捡了整整一袋子回来。

没有人说得清那些玛瑙是从哪里来的,也没有人能够在那片草原上找到玛瑙矿脉。

巴努盖就来自那片草原。

那里出产草原上最凶猛的牧羊犬。

传说中,当年年幼的铁木真到那片草原上迎亲留住时,他的父亲也速该在离开时一再叮嘱那里的主人德薛禅，他的儿子铁木真怕狗❶。

扎布算着日子，那个营地上应该有新的小狗出生，这个季节小狗应该已经满月，应该是去那里讨要小狗的时候了。

那日苏让马保持着均匀的速度慢颠着。

荒凉的草原上不时有小股的旋风莫名地吹起，像一朵朵虚幻的火苗，卷带着灰尘和枯草盘旋着，突然消失，或者一直向草地深处飘去。

路上，那日苏路过一个营地，远远地看去，营地边的草地上遍布羊只的骸骨，已经被剥了皮的羊只干瘪枯瘦。其中，当年刚刚出生的小羊更多一些，它们还没有能力熬过这个荒寒的春季。

两头蒙古狗从这些尸骸堆里抬起头，远远地向那日苏这边望了一眼，又趴下去晒太阳了。它们知道他仅仅是路过而已。这段时间，草地上的狗都吃得太饱了，甚至懒得起身招呼路过营地的陌生人。

---

❶ 铁木真怕狗：见《蒙古秘史（新译简注）》(道润梯步著，内蒙古人民出版社1979年版) 卷一。书中有如下记载："帖木真九岁时，也速该把阿秃儿欲自其舅族之诃额仑母家，斡勒忽讷兀惕百姓处聘女……遂相允诺，也速该把阿秃儿曰：'阿留吾子入赘，而吾子善惊狗也，亲家休令吾子惊狗者。'"

对于草地上的牧羊犬来说，这是可以饱食终日、无所事事的快乐的日子。

远远的，那几头黑狮般雄壮的大牧羊犬象征性叫了几声之后，就趴到草垛朝南背风的地方晒太阳去了。

不过，有一头黑色的母犬趴在一垛牛粪旁边一直猖猖狂吠。

在它身后高高的羊粪堆上，卧着两只像小熊一样可爱的小犬，黑色，脸上有非常对称的白色花纹，很漂亮。那日苏几乎在第一时刻就决定自己应该选择这两只小犬中的一只。

那日苏搬鞍下马，拴了马，挂了马鞭，正打算进毡包时，突然从毡包的后面冲出一个小小的黑影，高声地吠叫着向他扑了过来。

那日苏低头一看，不过是一只大概三四个月的小狗，黑色，左爪上有一块白斑。也许是因为营养不良，它长得过于瘦弱了。

那日苏根本就没有把这只小狗当回事，呵斥一声，以为它会识相地躲开，但它不时地试着上来扑咬。那日苏一脚踢过去，它不但灵活地躲开，还在他的靴子上留下了细小如锥子般的齿痕。

那日苏不敢再小瞧这只小狗。

他站在原地不动，它仍然在那里愤怒地咆哮着，死死地把

狼谷男孩 LANGGUNANHAI

住了毡包的门口。

　　主人手中拿着一根棍子过去,试着把它轰开,但几棍子下去,这小东西竟然对棍子无动于衷,没有一点儿退缩的意思。

　　主人又顺手拎起一根鞭子,鞭子挟着哨音抽下去,小狗竟然仍不退缩,只是在鞭子抽到脸上时才眯眯眼睛,仍然死死地盯着那日苏。

　　这次主人真的急了,狠狠地踢了小狗两脚。主人是真下了力气,靴子踢在小狗的肋背上发出沉闷的响声。

　　但小狗甚至连哼都没有哼一声,只是发出更凶狠的咆哮。

　　它仍然没有跑开,这是一只不会退缩的小狗。

　　那日苏不由得对这只小狗心生敬意。

最后，主人趁小狗不注意时用门将它夹住，那日苏才钻进毡包。

那日苏在问候了营地的老人和羊群之后，慢慢地将话题转到了牧羊犬上，主人非常慷慨地同意，那两只卧在牛粪垛上的小犬，他可以随便挑选。

浓醇的奶茶，那日苏喝出了一身透汗，他心满意足地告别主人。刚刚钻出毡包，那只小黑狗竟然就候在外面，一声不吭地突然冲了过来，情急之下那日苏扭头就往毡包里钻，结果头重重地撞在门框上。

还好终于进了毡包，再往外看时，那小狗正叼着他的蒙古袍的前襟。

总之，那日苏走出蒙古包比进入蒙古包要费事得多。

最后肥胖的主人和他的儿子用毡子将这只小狗蒙住扑倒，压在地上，费了九牛二虎之力终于在这头野兽一样的小东西的脖子上扣了绳子。

即使如此，它仍然在向每一个人咆哮、龇牙，随时准备在包括自己的主人在内的所有人的手上咬一口。

它更像一头横冲直撞的小兽，而那敏捷与力量显然不是这么大的狗应该拥有的。

这时那日苏才走出了毡包。

此时，正是他头上那个肿起的包红得恰到好处的时候。

主人陪着那日苏向那垛干牛粪走去，打算哄开母犬之后，从两只像小熊一样肥胖的小狗中挑选一只，让那日苏抱回自己的营地。

那日苏正在琢磨着应该选取哪一只小狗，是那只仍然站在粪堆顶上傻乎乎地张望的小家伙，还是那只已经意识到有什么问题正急急忙忙地从粪堆上溜下来靠近母犬的小东西。

这时，毡包那边，那只黑色的小狗又狂吠了几声，本应稚嫩的叫声中竟然带着颇具气势的猛犬咆哮时的啸音。那日苏突然想起，早上离开营地时，扎布顺口说了一句，在这个营地上，也许十几年才能出一头像巴努盖那样的狗，那样的狗小时候是连自己的主人都会咬的，而长大之后连自己的主人也抓不住，但它会用生命保护主人、营地和畜群。

他意识到，也许这就是像巴努盖一样的狗。

他回头直接向主人提出，要这只黑色的小狗。

主人犹豫了一下，仅仅是犹豫了一下，但还是答应了。

那日苏估计，如果不是因为小狗已经被拴住，主人会以抓不住为理由拒绝他吧。

一旦决定了将小狗送给那日苏，主人倒是想得十分周到，生怕绳子拴得不牢，又和他的儿子再次用毡子将小狗扑倒，在它的腰上又系了一道绳子。

从那日苏骑上马牵到绳子的那一刻起，他就对绳子的那一头拴着的是一只小狗这样的事实产生了怀疑。

根本不是小狗，明明就是一颗不断爆炸的小"炸弹"，它每一刻都在咆哮、吠叫，试着咬断绳子。还好主人很有先见之明，在它颈下的位置还拴着一根一米多长的绳子，否则绳子早就被它咬断了。

在确定自己对绳子的攻击毫无用处之后，它又尝试着向拖拽着自己的马进攻，那日苏不得不轻轻地催动着马小步颠跑起来，于是看起来倒像是他骑着马被一只暴怒的小"绒球"追赶。

它没有停止吠叫和撕咬，马由于不停地被追赶紧张得几次受惊。

那日苏几次想放了它，但他又不敢下马为它解开绳子，直接扔了绳子又怕它在跑回营地的时候被绳子绊在哪里。

小狗似乎拥有无穷的精力，一路之上，它一直这样咆哮、撕咬，没有放弃。而且，它似乎是不知疲倦的，没有因为一路上不停吠叫而喉咙嘶哑，一直保持着那种不断跳跃扑咬的活力。

它根本就是一只拥有机械心脏的小精灵。

总之,一路折腾到营地的时候,已经是黄昏了。

不过因为一直在慢慢颠跑,用的时间倒是比去时少了很多。

远远地,地平线上刚刚露出营地的轮廓,营地里的两只牧羊犬就听到了声响,一路狂吠着迎了出来。

那日苏有些紧张,他迅速地收紧了绳子,让小狗与自己靠得更近一些。

因为看到小狗是牵在那日苏手中的,两只狗表现得极其收敛,并没有一拥而上将小狗撕碎的意思。当它们慢慢跑近时就放慢了步子,不再吠叫,甚至轻轻地扭动着尾巴一点点地接近时,那日苏相信,它们是不会为难小狗的。

但那日苏错了。

小狗几乎是闪电般地发动了第一次攻击,一口险些叼住了丹克的咽喉,随后又迅速地退回,踞守在马匹旁边,发出一连串显然与那细瘦的体形不相匹配的低沉的咆哮。

两只牧羊犬受了一惊,它们似乎有些不太理解发生的一切,想再靠近一些。但小狗又发动了第二次攻击,这一次受伤的是白雪,小狗竟然一口叼住了它的下颌,在它还没有用力甩动挣脱的时候,小狗又一次退回去了,再次背靠着马匹和两只狗对峙着。

此时两只牧羊犬才意识到自己面对的不是普通的小狗。

它们被激怒了。

它们是经历过冬天狼群洗礼的牧羊犬，被这样戏弄多少有些让它们懊恼。

它们颈上的毛耸立起来，那是它们发动攻击的前奏。

无论多么凶猛，小狗毕竟是小狗，顷刻之间就会被两只大狗撕成碎片。

那日苏及时吆喝一声，让两只被愤怒冲昏了头脑的牧羊犬冷静下来，然后他打马向营地去。

小狗表现得异常镇定，它当然不会知道，刚才它可能已经在鬼门关上走了一回。

那日苏卸了鞍子，放了马，将小狗拴在毡包前，急忙进毡包找茶喝——一路之上不时地恫吓吆喝让他感到口干舌燥。

喝了茶他再出毡包时，看到刚刚从草地里回来的扎布正蹲在那小狗的身边，抚摸着小狗的脖子。

他惊叫一声，跑了过去。

当他跑了一半的时候已经意识到，自己的紧张毫无必要。

小狗在扎布宽大的手掌下表现得极其惬意，而扎布早已经卸掉了它颈上的绳索，正在替它抚平皮毛上那些被绳子磨出的戗乱的勒痕。

后来，扎布掰开了小狗的嘴看了看，还用指尖拭了拭小狗牙齿的锋利程度。

随后，扎布回头看了看那日苏。

那日苏用两头大狗喝水吃食的盆子端了一盆水回来。

扎布泼掉了盆中几乎所有的水，只剩下一个浅浅的盆底，放在小狗面前。

小狗立刻拱肩塌背夹尾喝水。

扎布回毡包去了。

那日苏也想试着摸摸小狗，但那小家伙又发出一连串像是爆破般的咆哮。那日苏咒骂一声，索性随它去了。

早晨，那日苏跟在扎布的身后走出毡包时，那只趴在勒勒车[1]下的小狗慢慢地站了起来，既没有像白雪和丹克那样跑过来向他们示好，也没有跑开。

它只是冷冷地站在那里盯着他们越走越近。

当扎布和那日苏站在它面前的时候，它慢慢地卧低了身体，

---

[1] 勒勒车：北方草原上游牧民族的古老交通运输工具。身小，双轮高大，由桦木或榆木制成，易于修理。牧民转场时的主要运输工具，一般由牛拖拽。

绷紧，越绷越紧，让那细瘦的身体绷得像石头，挑起上唇，皱起鼻梁，发出这个早晨第一次威胁性的低嗥。

扎布慢慢地蹲了下来。

"畜生，一夜你就忘了。"扎布低声地咒骂着。

那日苏几乎没有看清扎布是怎样做的。眨眼之间，趁小狗还没有反应过来，扎布已经死死地揪住了小狗的颈皮。

小狗挣扎了一番，但终归拗不过扎布的力气，而它所有的努力也毫无意义——因为扎布死死地抓住了它后颈上的皮，无论它怎样尝试，都无法咬到扎布。

在它被扎布控制之后，那种对未知的恐惧倒是减轻了，它不再那么惶恐，甚至慢慢地放松下来，喉咙中的低吼也渐渐转化为一种更富友善性的呼噜声。当扎布松开它的时候——那是最令人紧张的时刻，无论扎布的动作有多快，这么近的距离，只要它愿意，都是可以很容易咬伤他的。

但它并没有下口。

当扎布站起来，上马离开营地时，它甚至还跟着跑了几步。

晚上放牧回来，那日苏几乎是一时兴起，一路打马，小跑着奔进营地，远远地看见小狗还卧在勒勒车下，他一路奔过去，翻身下马，直冲过去。

小狗吓坏了，紧紧地缩成一团，这种气势显然它还从来没有见过。

那日苏的动作慢了，他伸出的一只手显然已经被小狗注意到，它毫不犹豫地一口咬过来。那日苏情急之下又伸出了另一只手。

这一招小狗显然没有预料到，它稍一犹豫，那日苏两只手一左一右紧紧地钳住了它的两只耳朵。

那日苏没有想到这么容易就成功了，他兴奋得几乎喊叫起来。

小狗猛地甩动着头，试图摆脱他的控制，但那日苏捏得很紧。

小狗挣扎了一番，最后还是放弃了。

一天之中，一向暴烈的小狗已经两次被人控制，它显然有些气馁，慢慢地，它不再用力，一副听之任之的样子。

就在那日苏放开双手的一刹那——他在犹豫，是仅仅放开让双手留在原地还是迅速收回时——已经晚了。

那日苏的右手已经被小狗死死地叼在口中。

那日苏感到一阵刺痛，但他没敢迅速抽回手，那样只能制造出更大更深的伤口。

不过，小狗并没有用力地摇动头颅扩大伤口，仅仅是将他的手叼在口中，发出阴沉的咆哮。

"宝了怀❶，宝了怀。"

那日苏轻声地安慰它。

终于，它紧扣的獠牙松开了。

那日苏抽回自己沾满了涎水的手，也许是出于古典美学的眼光，他的手上留下了四个非常对称的精致牙印。小狗竟然将力度掌握得恰到好处，既让他感到足够的痛苦，又没有造成真正的伤害。

那日苏对这个结果比较满意，回毡包去了。

小狗是在来到营地十来天的时候病的。

早晨起来，那日苏去看小狗时，发现它一动不动地趴在勒勒车的下面，既没有像往常那样，刚刚有人从毡包里出来就警惕地抬起头，也没有发出任何响动。

那日苏感到些许的不安。

他慢慢地走过去，果然，当他走到勒勒车旁时，小狗才半抬起头，象征性地摇了摇尾巴。

---

❶ 宝了怀：蒙语译音，不行，不可以之意。

曾经在它身上驻留的那种狂野小兽般的凶猛与敏捷突然不见了，它的目光散淡温和，竟然以一种哀怜的神情看着他。

自从它来到营地，这是那日苏第一次抚摸了它。

它竟然在一夜之间惊人地消瘦了，骨架迅速地显现出来。

那日苏急急忙忙回到毡包，取了一根带肉的羊肋，扔在小狗面前。

对于这种不可多得的美味，小狗只是闻了闻，又把头垂了下去。

丹克跑过来将肉叼走时它也没有任何反应。

它是真的病了。

黄昏，那日苏和扎布放羊回来。那日苏放了马，急急忙忙地跑过去看小狗。

这次，它只有抬头看看他的力气了，口边满是哩哩啦啦的口水，而鼻子干得像土块一样，几乎有一种要皴裂的趋势。

直到第二天早晨，小狗除了喝了点水，什么也没有吃。

到黄昏他们再回来的时候，小狗已经趴在地上不动弹了。仅仅两天的时间，它瘦得几乎就剩一副皮包骨头，化为薄薄的一片。

扎布从毡包里拿了什么走过来时，那日苏并没有看清楚。

扎布蹲下后一把掰开小狗的嘴，扯出小狗的颜色暗淡的舌头,然后用手中的东西死死地夹紧。这时那日苏才看清楚,那是一把钳子。

尽管已经奄奄一息,气若游丝,但舌头被钳制之后,小狗还是用最后一点儿力气,拼命挣扎。

"压住巴努盖。"

一开始那日苏没有明白扎布在说什么,但他很快意识到,扎布所说的巴努盖已经不是他们带到山顶的那头死去的老狗,现在,这只小狗就是巴努盖。

那日苏死死地抱住小狗的脖子,用腿压住小狗的身体。

尽管几天来没吃东西已经没有什么体力了,但是当它用尽最后的力气拼命挣扎时还是不可控制的。

扎布用钳子紧紧地掐住小狗的舌尖,负痛的小狗发出一连串带着鼻音的溺水般的呼噜声。

扎布扭动钳子,翻开小狗舌头的背面,暗褐色的舌页上鼓胀着两条青黑色的静脉。

扎布左手捏紧钳子,右手抽出腰间的刀,只两下就将这两条血管挑开,从血管中冒出黑色的血珠,而随着刀的挑动,从里面挑出白色的丝络状的东西。

血流了一会儿,颜色渐渐变得鲜亮。

扎布示意那日苏先松开小狗，然后他突然松开钳子抽身后闪。尽管扎布的动作已经足够敏捷，但小狗还是在他松开钳子的一刹那像被松开的弹簧一样猛地弹起，一口叼住了扎布的袍襟，扯下一块来。

它只将那块布咀嚼了几下就吐在地上，然后开始尝试一个连它自己都感到困惑的动作，试着去舔舐自己的舌头。

最后它也只能让自己的舌头在嘴里囫囵扫动了几下。

不过，那日苏惊讶地发现，活力似乎突然间又回到了小狗的身上，即使不是全部，至少是大部分。那种阴鸷如鹰隼般的眼神又在它的目光中闪现，看来刚刚建立起来的那点儿仅有的信任已经荡然无存。它那瘦得皮包骨的身体里似乎又迸发出无限的活力。

扎布拾起一块破皮子擦了擦刀，将刀收进刀鞘回毡包去了。

那日苏怀疑，仅仅是痛苦激发出小狗最后的一点儿生命力，他并不抱太大的希望。

每年春天，很多小狗就是这样死去的。但是用这种方式治疗小狗，扎布以前在别的小狗身上倒是没有试过。

天还没亮，那日苏就起来了，直接拎着一块带骨的风干肉出了毡包。

听到毡包这边的响动，在勒勒车边的小东西已经跳起，正目不转睛地看着他。那日苏将肉扔了过来，肉还在半空中时就已经被它接住，那边的丹克和白雪看到了，也想过来分一杯羹。但它仅以一声阴森的低嗥就让这两头牧羊犬低头垂尾地走开了。

那日苏惊喜万分，想试着摸摸已经康复的小东西，但从小狗喉管里发出的威胁的低嗥让他放弃了这种想法。

随它去吧。

小狗就叫巴努盖了。

那天夜里，落了春天的第一场雨。

早晨起来，草地就绿了。

夏

莫日格勒夏营地[1]

是那日苏先发现那匹马的。

早晨,他就注意到那匹马在远处的草坡上徘徊。它显然是从其他的地方来的。

由于急着赶羊出牧,那日苏就没有过多地注意那匹落单的马。

黄昏,吃过晚饭后,那日苏走出毡包,看到扎布正举着望远镜向早晨那日苏发现那匹马的草坡上观望。

远远地,只是凭着肉眼,隐隐约约地可以看到那匹马若隐若现的轮廓。

扎布看了很久。

扎布回毡包后,那日苏也举起那副沉重的苏式军用望远

---

[1] 莫日格勒夏营地:位于呼伦贝尔草原陈巴尔虎旗境内,即莫日格勒河流域的广阔草场,以水草丰美著称,是陈巴尔虎旗牧民的传统夏营地。莫日格勒河发源于大兴安岭西麓,由东北向西南,流经呼伦贝尔大草原,注入诺和诺尔湖后流出,汇入海拉尔河,全长290多公里,属中俄界河额尔古纳河水系,因流路回环曲折有"天下第一曲水"之称。

镜想好好地看一下，但是，那匹马已经转到草坡的另一面去了。

第二天上午，那日苏骑着马去草地里看马时，发现那匹马已经混进了马群里。那是一匹棕黄色的母马，左尻部有阿拉伯数字"88"的烙印字样，从那烙印的样式上看，像是从蒙古国那边过来的马。

黄昏，马群回来的时候，那匹马也混在马群里跟了回来。

那日苏仔细观察这匹马。枯瘦，皮毛戗乱，有些塌腰，而站立的时候，四只蹄子紧紧地贴在一起，整个身体的形状上宽下窄，像一个盛东西的斗。

看不出有什么出奇的地方，那日苏迅速对这匹马失去了兴趣。

第三天早晨，那日苏走出毡包的时候，看到扎布正在将自己那副镶银的鞍子放在那匹棕黄色母马的背上——他已经把它抓住了。

扎好肚带之后，扎布像欣赏一件不可多得的宝物一样从上到下，由头至尾将这匹马仔细地摩挲了一遍。

他眯着眼睛，轻轻地掰开马嘴，查看它的牙齿，仔细地用手掌测量它大腿的直径。

但那日苏无论如何看不出这匹马到底哪里有可以让扎布看得上的地方。

那天，扎布就骑着这匹母马出牧了。

那个夜晚非常闷热，连草原上空乘着夜色赶路的水鸟发出的鸣叫声都显得有气无力，闷热榨干了它们的力气，它们赶着去呼和诺尔❶。

那日苏在毡包里热得喘不过气来，直到很晚，天气终于凉快了一些的时候，才大汗淋漓地睡着。可也就是刚刚睡着，就听到外面羊群跑动起来发出的呼呼啦啦的纷乱蹄音，牧羊犬也跟着声嘶力竭地叫了起来。

那日苏先跑了出去，但这是一个没有月亮的夜晚，外面一片漆黑，什么也看不见。

他又跑回毡包，扎布正在往枪里压子弹。

因为没有想到今年狼会回来得这么早，毡包里并没有准备火把，当他将裹着破布的木棒淋上煤油点燃时，已经又过了几分钟。

外面一片混乱，牧羊犬发出可怕的哀号声。

那日苏左手举着火把，右手拎着一把刺刀奔了出去，扎布拎着枪跟在后面。

---

❶ 呼和诺尔：诺尔也译作淖尔，意为湖泊。呼和诺尔是位于呼伦贝尔草原的著名湖泊，距离海拉尔61公里。

火把照不了多远。

丹克和白雪都受了伤,卧在羊群旁边。

羊群死死地挤在一起,这些温顺的动物大概以为可以通过这种团结的最高形式将野兽挤闷而死吧。

扎布低头查看了一下。

他仅仅是草草地看了一下,就向羊群冲了过去,那日苏知道,丹克和白雪的伤一定不重。

羊群挤得太紧了。

无论是扎布和那日苏连踢带打,还是高声咒骂,它们都默默地忍受着,就是一动不动,只有和自己的伙伴紧紧地挤在一起的时候,它们才能意识到自己的存在。

他们连喊带骂地将羊一只只地扯开,当被他们扯开到一边的羊的数量已经超过了留在原地的羊时,它们似乎突然间被那强大的团体力量左右,轰的一声离开了原来的位置,都跑到了一边,又挤成了新的一团。

于是,刚才满满匝匝地挤满了羊的地方突然间因为空荡而显得寂寥起来,而在那刚才还被羊群挡得严严实实的空地上,确实趴伏着一头毛色和体形都非常古怪的野兽。

那日苏从来也没有见过这样的野兽。首先,它的体形过长,长得有些不成比例；其次是它的颜色，棕黑相间，而这种颜色不是细碎的花色，而是整整齐齐地从中间分开，一半是很接近秋日灌木丛的棕褐色，另一半是非常纯粹的黑色。

除了轻轻地颤动，它趴在那里并没有其他的动作。但那日苏不会上当，对于很多野兽来说，那不过是它们麻痹牧人的假象，也许眨眼之间它们就会弹跳而起，然后在几个纵跳之后消失在夜色之中。

但令那日苏感到奇怪的是，站在身边的扎布并没有开枪，他取过那日苏手中的火把，让他往后站，然后左手举着火把，右手拿着枪慢慢地靠了过去。

那日苏站在后边看着扎布用枪筒小心地捅了几下地上的野兽，随后，他身上那种绷硬的紧张慢慢地消失了，他放松了身体，蹲了下来。

那日苏走过去，从他的手中接过火把，因为靠得足够近了，他也看清楚了。

地上不是一头野兽，而是一头野兽和巴努盖。

巴努盖死死地咬住了那头陌生野兽的咽喉。它静静地卧在那里，似乎因为自己口中有了可以咀嚼的物件而无限满足。

那头陌生的野兽显然已经死了，当然在此之前它也经过一番可怕的挣扎，即使巴努盖黑色的皮毛看不出颜色来，但也可以看出皮毛已经被洇湿了,那应该是血。

巴努盖显然对他们的到来非常满意,它轻轻地摇动着尾巴,但仍然死死地咬住那野兽的咽喉不松口。

扎布放下枪,尝试着让它松口。也许是对刚才的争斗心有余悸,或者是对一旦松口后的后果心存恐惧,总之,它从鼻子里发出阴沉的咆哮。

费了很大的力气,扎布终于将它扯开时,它仍然愤怒地咆哮着想扑向已经死去的野兽。

巴努盖的脖子上还连着铁链,这时那日苏才注意到,在野兽的身下,链子的另一头还连着勒勒车的木轮。这只小狗竟然将勒勒车的轮子拖了下来,一路拖着与野兽厮杀。

看着那包着铁皮的巨大木轮,那日苏感到有些不可思议。

那日苏将链子从轮子上卸下来,牵着巴努盖走向因为失去了轮子已经倾斜的勒勒车。它狂乱地蹦跳着,想重新杀回去撕咬那头野兽,那日苏不得不一边大声地呵斥着它,一边死死拽紧链子把它拖回去,链子勒痛了他的手。

本来想把它拴在另一个轮子上,想想还是拴在了车辕上。

回来时,扎布正试着把那头野兽抱起来,但他没有成功。那日苏注意到这是一头没有尾巴的巨大的猫。

是猞猁❶。

大兴安岭的余脉远远地消逝在这片草地上，偶尔这种隐秘的野兽也会因饥饿离开丛林，偷食牧场的牲畜。

几年前的冬天，那日苏曾经在黄昏时见过一只。

那天，他正准备赶着羊群回营地，经过山坡下一片浓密的灌木丛时，羊群突然出现一阵莫名其妙的骚动。他打马呐喊着奔向羊群时，一头受了惊的野兽突然从羊群中跳了出来，竟然平地跳起两米多高，然后轻轻地落在地上。那是他第一次看到猞猁，看到它那与身躯不成比例的巨大的四爪，那日苏终于相信了关于这种野兽的所有传说，比如即使它被几头牧羊犬压在下面，仅仅是蹬几下爪子就能让牧羊犬开膛破肚，还有一两头凶悍的草原狼也不是它的对手。那野兽静静地看着他，眼神平静得几乎无视他的存在，那截短得可怜的小尾巴诡异地晃动着，然后跑开了。

那天，就在眨眼之间，它杀死了一只羊。

---

❶ 猞猁：食肉目猫科动物，体长80～130厘米，尾长11～25厘米，体重18～32千克。毛色变异很大，有灰黄、棕褐、土黄褐、灰草黄、浅灰褐及赤黄等各种颜色。喉侧有一束灰黑色毛，两颊有白色丛生长毛，向左右垂伸。两耳尖端生长着耸立的黑色笔毛。四肢粗壮，脚掌宽大，尾短钝而粗。分布于欧洲北部、中部、东部、东南部和亚洲中部、东部等地，在中国主要分布于东北、华北、西北和西南地区。栖息于岩石丘陵、荒漠草原、山地丛林、高山裸岩、高山草甸及灌木丛中。独栖，傍晚和夜间活动。行动敏捷，善奔跑。以野兔、松鼠、野鼠、旅鼠、旱獭、雷鸟、鹌鹑、野鸽、雉类、麝、狍子、鹿等为食。

看着这头已经毙命的猞猁,那日苏怀疑它是因为已经受伤或者饿得太久,不过如果这样又无法解释丹克与白雪的受伤。

无论如何,还未成年的巴努盖能够咬死猞猁,而且是在拖着挂有勒勒车木轮的铁链下完成的,确实显出它的与众不同了。

那个夜晚,白雪永远地失去了一只耳朵,丹克的鼻子豁了,腿上有一道巨大的伤口。其实,巴努盖的伤最重,一道巨大的伤口几乎横贯它的整个脸颊,从左眼直到右下颌,皮已经耷拉下来;肚腹上也有几道像是被剃刀切开一样整齐的伤口,还好,内脏没有露出来。

那个夜晚,毡包里一次次地响起负痛牧羊犬的哀号声。

白雪那只耳朵不需要处理,但丹克的腿和巴努盖的伤口都需要缝合。

扎布连哄带骗地为丹克缝上了腿上的伤口,他们刚刚撒手,它就箭一样冲出了毡包，消失在夜色之中了。

但是，将巴努盖带进毡包几乎是一件不可能完成的任务。它像很多牧羊犬一样，从未进过毡包，从寒冬生在冰天雪地的草垛里就一直幕天席地，习惯了空旷的天空，带有穹顶的人类居所对它无异于禁锢的牢笼。

当那日苏试着将它拖进毡包时，它的四爪紧紧地抵住地面，拼命地反抗着，死死地抻紧了铁链，以至于项圈勒得太紧，发出哽咽般粗哑的呼吸。

尽管它连蹦带跳地抵制着，最后还是被那日苏拽进了毡包。

有些奇怪的是，进了毡包，看到烛光下的扎布，它倒安静下来，慢慢地踱到了扎布的身边。

在昏暗的烛光下，那日苏才来得及仔细地观察巴努盖的伤口。那伤比他最开始看起来的要严重得多，那块半圆形的皮几乎已经整块地耷拉下来，露出下面的血肉和被血染红的眼睛。

在为它缝合伤口时，扎布竟然没有像刚才那样几乎将整个身体都压在丹克的身上控制它，他只是低声地在它的耳边嘟囔着什么，随后就开始用烧弯的大号缝衣针为它缝合脸上的伤口。

让那日苏感到惊讶的是，这只暴烈如小兽般的牧羊犬，竟然像是可以理解为它缝合伤口这件事本身的意义。

第一针扎下去时，它的身体抖动着，但呻吟似乎在它的身体里被消解了。

本能驱使着它试着将头扭向一边，但扎布轻声地鼓励着它，并小声地呵斥着。

那日苏在旁边轻轻地扶着它的头，但他不敢用力。

巴努盖一直在忍受着这种痛苦，终于，快要将整个伤口缝好的时候，也许是扎布的一针刺得太深了，触碰到它最敏感的神经，疼痛一瞬间让它恢复本性，在愤怒的咆哮声中，它一口向那日苏的脸上咬来。

那日苏毫无防备，扎布惊呼时，巴努盖那疾如闪电般的动作并没有彻底完成，它完成了扑咬的动作，但并没有下口。它只是象征性地用鼻子触碰了那日苏的眉骨，但即使如此，还是让那日苏惊出一身冷汗。

扎布为它缝合腹部的伤口时，巴努盖表现得非常合作。

但它偶尔会不满地咆哮一声，但在扎布的呵斥下也就不再发出什么声音了。

处理完巴努盖身上所有的伤口时，天已经亮了。

扎布将猞猁的皮剥了，里面塞满了干草挂了起来。

皮子被一个从河北来的老客❶以高得惊人的价格收走了,那老客的鼻尖上有一处永远也不愈合的冻伤。尽管扎布和那日苏都认为价格有些太高了,但那日苏从那老客脸上掩饰不住的欣喜判断,老客将这皮子带出草原就能卖出更高的价钱来。

那日苏不喜欢这个老客,他第一次出现在他们的毡包里,在碗里放了太多的炒米❷,以至于后来泡胀的炒米已经溢出碗来,他不得不用手指挖着粥状的炒米尴尬地塞进自己的嘴里。

那是一个过于贪婪的人。

他每次路过他们的营地总会过来转转。

两年前,他曾经在喝醉时向扎布展示过一枚玉石雕刻的茄子,那玉石经过几代人的抚摸呈现出一种滑腻的莹润,而那种来自玉石内部的纯彻的紫色更是让那日苏感到不可思议,尽管他并不了解茄子这种植物。

但就在那日苏伸出手准备触摸时,河北老客似乎突然意识到什么,迅速用皮子将玉石茄子包好,收进了怀里。

那次,他雇了一辆车直接回河北,在那趟奢侈的行程中,

---

❶ 老客:草原上牧人对外来商人的亲切称呼。

❷ 炒米:由糜子炒熟后碾去外壳而得的米粒,内蒙古草原牧场的主要食粮。牧区一般将炒米置于碗中,用奶茶泡至柔软时,拌上奶制品食用,也可煮米粥或干食。

车上唯一的货物就是这枚玉石雕刻的茄子。

那日苏知道河北老客占了大便宜。

这是一张几近完美的皮子，除了脖子上几个细小的孔洞，几乎毫无瑕疵。

秋
风过金草地

那是第一批穿越国境到这边来寻找食物的黄羊。

秋天的大火，几乎烧光了蒙古国那边所有的草场。

它们像一些突然冒出来的黄色的沙粒，出现在已经开始呈现出一种枯黄色彩的草原的地平线上。

扎布偶尔跟那日苏谈起过，在很多年前，扎布还小时，黄羊群曾经像洪水一样漫过草原。

它们会突然从大群中腾空而起，在空中极致地伸展柔韧的腰身，像那些厌倦了混浊河水的鱼跳出水面透气，随后它们又如落叶般轻盈地重新落下融入大群向前奔跑。它们就那样从地平线上呼啸而过，像洪水，像风暴。

那样的日子再也回不去了。

那日苏认为那属于古代，而现在出现的这些黄羊说明，他和扎布，生活在最后的古代里。

他站在帐篷前远远地望着那些黄羊。

突然间黄羊的阵脚就乱了，四散奔逃，那架势像被炸开的石块，四处迸溅，然后又似乎被一种无形的力量归拢在一起，向这边跑过来。

翻越几个高坡之后，就看不到它们的身影了。

也许它们只是一时兴起，想要跑一跑消化一下胃里的草料吧。

疾骤的蹄声让他把目光又投向前边的草坡。

牧民骑着马，在秋天辽阔的金黄色草地上追赶黄羊。

那日苏看到扎布骑着马远远地驰来，马后烟尘四起。马跑得太快了，在阳光下像一道滑过草地的光，马腹伸展开，前蹄与后蹄几乎拉得平直，尾巴像盛开的花朵一样在后面散开。

平时，扎布从来不会这样催马疾奔。

那日苏从帐篷里取出望远镜，调试了几下已经落漆的旋钮之后，终于看清，扎布不是一个人在纵马奔跑，在马前十几米的地方，飘忽着一个淡黄色的影子，快得真的像人们用镜子反射太阳光时留下的光影，人们可以按自己的想象调整它的速度。

那是一只在疾速奔跑的黄羊。

跟在它身后的马略显笨重，而且马的背上还驮着扎布，似乎有些力不从心。

不过远远望过去，那匹黄马似乎并未意识到扎布的重量，扎布的身体几乎与它连接在一起，它跑得欢快而惬意，当它跑过一片茂密的芨芨草时，就像一把滚烫的刀切进黄油，流畅得似乎它的蹄子并未接触到地面。

它，也是在草地上滑行。

跑过一片宽阔的草原，它们并未拉开距离，仍然那样紧紧相随，就像一道光在引领着自己的影子。

那日苏知道，这么追下去，马是跑不过黄羊的。

黄羊的腿脚可以累死草原上的狼。

黄羊突然转向——速度快得像光遇到镜子发生了折射，跑向另一个方向。黄羊在转向的时候，似乎不需要考虑惯性和身体本身的重量，它仿佛是没有重量的，倏忽间已经闪向偏左的位置。但那马的表现也同样惊人，竟然驮载着扎布做出了一个与黄羊几乎不相上下的转弯，它的身体倾斜着，贴着黄羊一侧的身体几乎贴近地面。

扎布像是长在了马背上，上身紧紧地伏下，他似乎是马背延伸出的一部分。

黄羊认为可以转变局势的转弯，竟然没有起到任何作用，当它开始再次直线奔跑时，发现身后的马竟然并没有与自己拉开距离。

那日苏没有想到这匹马竟然可以跑得这么好,马群里的任何一匹马也做不出这么漂亮的转弯。

扎布没有再给这只黄羊更多的机会,当跑在前面的黄羊刚有再次快速转弯的意图,他就呐喊着拨动马头,从另一侧给它施加压力,受惊的黄羊只好继续向前奔跑。

但这样下去,驮着人的马永远不会是黄羊的对手,它可以一直这样跑下去,直到将马累死。

那日苏注意到那片平坦的草地即将跑到尽头,前面是一段陡峭的草坡。黄羊和马都没有减速,就一直向那草坡冲了下去。

噢,他发出轻声的尖叫。

两年前的春天,他催马追逐一只野兔时过于急切,到了那陡坡前尽管紧拽缰绳却已经无法停住,连人带马一头扎了下去。他感觉那是一道无底的深渊,马从他的身上滚了过去,他的手臂骨折,马比他惨得多——断了前腿。

他在蒙古包里躺了两个月,当然,他的手臂愈合了,从甘珠尔庙❶那边过来的接骨医生告诉他,长好后的骨头会比以前更加结实。

---

❶ 甘珠尔庙:又称寿宁寺,是呼伦贝尔地区最大的喇嘛庙,距新巴尔虎左旗所在地阿木古郎镇西北20公里,乾隆五十年赐庙,并亲笔撰写"寿宁寺"匾额。因曾收藏过藏蒙文《甘珠尔经》,故而又得名甘珠尔庙。

想起当时冲下陡坡时如同落入深渊般的感受，此时还让他禁不住打了个寒战。马轰鸣着从他的身上翻了过去，他一直在翻滚，耳朵里有很多的风声，他以为自己会永远地翻滚下去。终于停下来时，他感觉自己满嘴都是土味，第一眼看到的就是已经耷拉下来的左小臂。

但当那匹黄色母马跟随着黄羊，几乎未减速翻越坡顶时，那种让他感到满嘴苦味的战栗消失了。

马疾速而下，它懂得掌握惯性与重量和速度的平衡，既没有减缓速度，也没有因为突然的前倾而向前跌倒，一路滚下去。

这种陡坡，十个蹄软的马冲下去，十个都会滚下去。

马背上的扎布身体极力后仰，两脚用力地踏住马镫，因为身体在倾斜的马背上几乎平躺，马镫几乎蹬到了马头的部位。

陡坡上顿时烟尘四起。

马因为本身的重量加上惯性，显得冲劲更强。倒是身体轻盈的黄羊显得有些勉强，它并没有选择在陡坡上弹跳。

于是马与黄羊的距离越来越近，在将近坡底时，马已经与黄羊首尾相衔。扎布突然挺起了身，右手猛地一拍马的颈侧。

马猛地加速，同时向左偏蹄，于是一瞬间就与奔逃的黄羊并肩疾驰了。骑坐在马背上的扎布身体前倾，向右压肩探身。

坡底满是松土，在一片烟尘中，那黄马冲了出来，而扎布的手中已经拎着那只还在挣扎的黄羊。

不再需要望远镜了。

扎布骑着马慢慢地颠进营地，将夹在腋下的黄羊扔在地上，营地上的狗冲过去时，黄羊竟然没有起身逃跑，不知道是因为跑炸了肺还是被扎布夹断了脖子。

"跑得不错。"

他翻身下马，将缰绳交到那日苏的手中，并接过那日苏手中的望远镜，回毡包里找刀去了。

今天的晚餐会有炖黄羊肉。

黄马的身体已经被汗水浸透，颜色也就显得更深了，在夕阳下呈现出一种明亮的铜一样的效果。马身上泛起了一层暖烘烘的白色泡沫，它的肋骨在剧烈地起伏着。

那日苏拉着它慢慢走开时，营地上的三头牧羊犬正因为争执而咆哮起来，它们的晚餐会非常丰盛，黄羊的内脏都是它们的。

天快黑了，那日苏牵着马慢慢地向前走，马打着响鼻，甩起尾巴驱散寥寥无几的蚊蝇。

它的呼吸正慢慢地平复。那日苏的鼻子里弥漫着咸丝丝的汗味和青草的气息。

那日苏领着马走上一道缓坡回头再看时，白色的毡包上已经升起淡淡的炊烟，刚刚升起就被晚风吹散了，也就让夕阳中的营地笼罩着一种迷蒙的色彩。

应该回去吃饭了。

冬

静静的山谷

五

塔拉回来的时候扎布几乎没有什么反应。

巴努盖没有见过塔拉,对于它来说,塔拉是陌生人。当白雪和丹克热情地迎上去时,它却不声不响地撞开献媚的白雪和丹克,向塔拉冲了过去。

扎布适时地挡在了巴努盖的前面,掌根重重地敲在它的鼻梁上,然后紧紧地抓住它颈部松垂的皮毛,不顾它愤怒的咆哮,将它拖到勒勒车边。

"在羊圈里打个滚儿,狗就不会再咬你了。"扎布给挣扎的巴努盖扣上链子,头也不回地对塔拉说。

那日苏在塔拉开回营地的吉普车上钻上钻下,陌生的汽油味道令他兴奋,并感到微微的眩晕。他缩在车里深深地呼吸着这种混合着汽油和灰尘味道的空气,并用手仔细地拂去仪表盘上的灰尘。

他下车的时候,看到扎布正拖着一只羊的后腿往毡包前走,那只三岁的黑头羊尽管被拖着,仍然用三条腿保持着平衡,一边细声细气地"咩咩"地叫着。

羊被扎布用一根细绳拴了腿,他进了毡包,再回来时手中拎了一块塑料布。

羊似乎认为这种事与自己没有任何关系,这么一会儿的工夫,竟然还试着挪动着被拴住的四蹄低头在毡包前光秃秃的地面上寻找吃的东西。

扎布在羊身边摊开了塑料布。

羊漠不关心地看着这一切,或者说它什么也没有看。

扎布用左手将羊半拉半拖地放倒在塑料布上。羊还是没有发出声音,也没有反抗,当然更多的应该是毫无意义的无动于衷吧。

羊把头别扭地转向一边,望着挂了霜的草地。

扎布叼着刀,膝盖蛮横地顶在羊鼓胀的肚腹上,腾出的手顺势解开羊蹄上缚着的麻绳。然后,左手紧紧地攥住了两条前腿。

扎布嘟囔了一句什么。

随后,他取下被口水濡湿的刀子,握在手中,用拇指压住刀背,轻轻地点在羊的胸口上。刀像碰到已经熟到极致的西瓜,刀尖划出一道拇指长的口子,露出皮层下白色的肉膜,没有血。

羊很冷静，继续无动于衷地望着压在它身上如同正在施暴般的扎布。

扎布放下刀子，将粗大的右手从那小小的伤口中插了进去，摸索着向下探，可以看到手臂在皮下的蛇行。他的头发遮住了脸，身体因为用力而亢奋地抖动着。

羊皮下的手像一只掘进的鼹鼠，一直到达了羊的腰部，手指寻找并飞快地拉断了什么。那日苏想象着自己听到什么东西折断的清脆声响。

羊发出一声似乎等待已久的叹息，它的眼睛猛地睁大。随后，它的目光逐渐散淡，半睁半闭，头耷拉下来。

扎布举起沾着血迹的手，用掌根撩开头发，尽管如此还是在额头上留下一道淡淡的血迹。

第二天早晨，那日苏坐着塔拉的车进了草地。

最初，那日苏以为仅仅是在附近遛遛，但驶出营地不久，塔拉就目标非常明确地向河谷中开去。

那日苏提醒他现在正是狼交配的季节。

但塔拉似乎并没有因此而放慢车的速度。

在路上，塔拉问那日苏，入冬以后见过几次狼。

太阳升得越来越高，雪反射的太阳光闪得那日苏几乎睁不开眼睛。这个冬天的雪其实不厚，只是薄薄的一层。

车慢慢地驶进了平坦的谷地，他们并没有驶出多远，就看到了两头狼。它们像是在这里等待着什么，它们早已经发现驶

来的汽车，正以狼族特有的类似滑行的步伐向前奔跑。狗永远也跑不出那样的步子来，身体总会有上下的起伏，所以，在长途的奔袭中，狗总是跑不过狼的。

塔拉猛踏油门，吉普车发出一声负痛般的号叫，猛地蹿了出去。那日苏感觉自己的后背被紧紧压在靠背上，随后他又被高高地弹起，头重重地撞在车顶。还好，车顶是有弹性的，他并没有受伤。

"抓牢了！"塔拉紧盯着前面大喊一声，随后车又是一个急转弯。

两头狼已经分开了，塔拉选择追逐那头体形略显单薄的狼。

那日苏认得出那是一头母狼。

塔拉驾驶着吉普车开始不紧不慢地追逐，他用车将这头母狼圈向谷地中间平坦的草原，每次狼试图突围，逃向山坡，很快就被车圈了回来。

就这样，车在狼的后面紧紧追赶了有三十分钟的样子，狼转身改变方向的速度越来越慢。终于，在奔逃中排出灰黄色的雾状的屎尿之后，它的速度明显地慢了下来，舌头耷拉在口边，大口地喘息着，它不再打算继续奔跑了。

塔拉慢慢地调整着车的方向，一点点地靠近已经蹲坐在地

上的母狼，很快，母狼就在那日苏的视野中消失了。

他以为塔拉是想就势轧死母狼，但塔拉小心翼翼地慢慢地靠近，终于，伴随着母狼挣扎的吼叫，吉普车出现几乎不易察觉的颠簸。

那日苏知道已经轧到母狼了。

但车并没有向前开动，塔拉竟然将车熄了火，开门下车。

那日苏跟着下车，看到母狼的一条前腿已经被车轮轧住，而母狼正以一种似乎到车轮下找什么东西的古怪姿势趴在那里。

塔拉从车中找出一个生皮的套袖戴在左臂上，然后向母狼慢慢地靠近。母狼的舌头已经夺拉下来，上面沾满了灰尘。那日苏本以为它根本就不会咬人。但塔拉靠近的时候，它还是发出了阴森的低吼。

塔拉将戴着套袖的手臂递了上去，母狼一口叼住，险些咬了自己的舌头。

趁着母狼将所有的注意力都投在口中的皮制套袖上，塔拉突然一脚踏出，狠狠地踩在母狼的脖子上，将它压在地上。

他用的力气太大了，那日苏感觉他已经踩断了母狼的脖子。

塔拉从腰间抽出刀，探下身去，挑断了母狼两条后腿的筋。

母狼没有发出什么声音，后腿也几乎没有流血，那日苏只是听到"嘣嘣"两声。

随后，塔拉叫那日苏上车。

倒车，慢慢地，那头狼又在那日苏的视野中出现了。

母狼蹲坐在那里一动不动，但那日苏知道它已经不是先前的那头母狼了，它似乎在一瞬间丢失了最重要的东西，它的整个样子都是涣散的。

母狼一直蹲在那里，它并不打算再逃跑了，它已经无法移动了。

车退出几十米的样子，塔拉就停了车，但是为了保持车内的温度，他并没有熄火。

"等着吧。"

塔拉点燃一支烟，靠坐在座椅上。

等什么那日苏并不知道，但他也学着塔拉的样子往后靠在座椅上。

远远地看去，那头母狼像一个小黑点，孤零零地蹲坐在雪地上，一动不动。

也就过了十几分钟，在前面的山坡上就出现了两头狼，它们迫不及待地向蹲坐在草地上的母狼跑去。

两头狼被某种燃烧着它们的热情所鼓舞，失去了往日惯有的对自己近乎苛刻的谨慎，对近在咫尺的吉普车视而不见，目不斜视地直奔母狼而去。

这个冬天，从蒙古国跑来了漫山遍野的黄羊，狼群不必再为食物发愁。

狼群发情的季节提前了。

两头公狼在最后接近母狼的几米却显得拘束而羞涩，但在与母狼轻轻地触碰鼻子之后，它们之间又开始剑拔弩张地对峙。

塔拉没给它们撕咬在一起的机会，驾驶着车子冲了过去。

两头狼竟然对驶近的汽车不予理睬，直到汽车快轧到它们时才分开，落荒而逃。

塔拉选择了其中一头狼，不紧不慢地追赶。

这次，只花费了比追捕母狼更短的时间，公狼就已经跑不动了。

像母狼一样，它也是跑得屎尿喷溅。

当公狼已经放弃奔逃耷拉出舌头，站在那里绝望地回望的时候，塔拉并没有像接近母狼时那样减速，而是猛地加油冲了过去。

那日苏感到车轧在柔软物体上的颠簸，而且还有些打滑。

塔拉拖起被车碾死的公狼，扔在已经卸去后座的吉普车上，很快车里就弥漫起血的甜腥和一种与羊截然不同的刺鼻的膻味。

"追过狼吗？"塔拉目视着前方问那日苏。

"春天追过。"

"是骑马吧？"

那日苏哼了一声算是回答。

塔拉像是要打破这尴尬的气氛，用一种令人感到可笑的昂扬的语气讲道："用车追狼，六十迈追上半个小时就跑不动了，流屎流尿，舌头也耷拉了，这时候如果追的是公狼，直接上去抓就得了，母狼不行。"

"为什么？"这个话题勾起了那日苏的好奇心，暂时忘记了刚才的不快。

"公狼这时候咬不了人，母狼还能咬人。"

"为什么？"

"不知道，"塔拉的语气诚实得令人生疑，"不过确实是这样，每次都是这样。也许母狼比公狼更能跑吧。"

"不过真正能跑的是黄羊，"塔拉像是想起了什么，"我把车开到九十迈，黄羊整整跑了五分钟。"

"很了不起是吧？"

"了不起。"

此时，那日苏的注意力已经集中于又在地平线上出现的母狼的身上了。

塔拉又驾起车返回刚才放开母狼的地方，远远地，那里又出现两头新来的公狼，连刚才逃开的那头公狼也回来了。

那日苏感觉这些狼都疯狂了，它们远远地被母狼吸引，它们惯有的警惕都被抛之脑后。此时它们红了眼睛，而在它们被红色蒙覆的眼睛里，除了蹲坐在雪地上的母狼，什么也看不见。

狼也许是没有语言的，那日苏想，否则，母狼应该会告诉这些公狼在这辆吉普车上隐藏着危险的人类。

当然，也许这些公狼此时就算知道也顾不得那么多了。

就这样，塔拉一次又一次地驾着车追赶碾压这些追随母狼而来的公狼，长久地追赶，到它们力竭的时候再开车碾压。有些公狼很顽强，一次碾压冲撞之后仍然会疯狂地奔跑，于是塔拉在将它撞倒之后，反复地在它的身上碾压。

塔拉开着车追捕每一头出现在视野中的公狼，整整一天，几乎没有停歇，只是中间用油桶给车加过一次油。

车每一次冲撞这些绝望的狼时，塔拉都发出长长的号叫，渐渐地，那日苏也被他的这种叫声所感染。他也在叫，当车撞向已经无力奔跑的狼，或者车在狼的身体上反复地碾压时，他都在叫。

狼已经被车轧住却并未毙命，塔拉用刀给狼放血的时候，那日苏也在高声地号叫着，为他助威。在呐喊声中，他感觉自己已经不再是自己，有一种红色的东西浮上了他的眼睛。

他叫得精疲力竭。

到黄昏的时候，塔拉已经杀掉了七头公狼，死去的狼堆满了后座，血顺着车门的缝隙向外滴沥着。

也许是在杀到第五头，或者是第六头狼的时候，一头已经被扔在后座上的狼突然活了过来，发出一阵仿佛是溺水般的呻吟声。塔拉抽出了刀，下车打开后座的车门，那头狼被压在另一头狼的下面，毛色有些发黑，这种毛色的狼应该是从蒙古国那边过来的吧。其实，这头狼恐怕已经在刚才被车撞击碾压时内脏受了严重的伤，现在也不过是在消耗最后的一点儿生命力吧。

塔拉甚至懒得将狼拖下车——当然，恐怕他也没有力气了。他手中的那把羚羊角柄的尖刀准确地顺着狼的胸又插了进去。

那日苏回头刚好看到这头狼的脸面，它的眼睛一直是睁着的，它的呼吸突然间急促起来，肺里发出冒泡一样的声响，然后那种不停歇的"哼哼"声越来越微弱，最后终于听不见了。

而它棕黄色的眼睛里，那种清澈的光慢慢地涣散了。那日苏知道，狼身上有些东西永远地离开了。

塔拉上车继续去寻找下一头狼。

就在这时，那日苏开始闻到车中有一种越来越重的臭味。刺鼻的臭味，让他喘不过气来，他打开车窗，让寒风吹进来，吹在他的脸上，但还是消除不了那种气味。

那日苏吐了。

天际悄然间浮起漂亮的晚霞，这霞光也以一种让人的视野感到疲惫的深红色染红了草原。

再没有出现公狼。

他们坐在车里，看着那头孤零零地蹲坐在原地一动不动的母狼被霞光染成红色。自从被挑断后腿的筋之后，它就蹲坐在那里未移动过位置，也对不断前来骚扰的公狼不理不睬。其实，即使被挑断了后腿筋，它仍然可以爬动，即使不能爬得很快，但仍然可以移动。

但这头母狼一直蹲坐在那里，一动不动。

塔拉拎了一根铁棒下去。

他走过去时，那母狼还是一动不动地蹲坐在那里，似乎在这可怕的红色霞光中凝固了。塔拉一棍打过去时它甚至没有躲闪，几乎没有发出什么声音就倒下了。

塔拉拖了它的后腿硬将它塞进已经没有多少空间的后座上，和那些为它而殒命的公狼在一起了。

车再开动时，天已经快黑了。

在破旧吉普车的震动声中，那日苏听到身后传来像是叹息般的声音，回头看过去，那头母狼的头耷拉着，那声音是从它的口中发出来的，断断续续。

"没死？"显然，塔拉也听到了声音，"用不用再补一刀。"

那日苏没有回答他的话，他也知道塔拉问得毫无必要。这头母狼最后的生命正随着它叹息般的呼气声慢慢而去。

还没有到达营地,远远地就听到营地上牧羊犬的狂吠声,慢慢地,在灯光中,毡包像小小的孤岛出现在视野里,如同草地深处被阳光暴晒得太久的骨头,惨白,白得耀眼。

下车之后,塔拉急急忙忙地进毡包找茶喝。营地上的三头牧羊犬慢慢地靠了过来,它们在接近吉普车时显得非常谨慎,它们灵敏的鼻子已经告诉它们在这破旧的车中隐藏着巨大的秘密。它们是在接近自己已经逝去的遥远的祖先。

白雪和丹克表现得过于谨慎,巴努盖走在最前面,它将自己的鼻子慢慢地靠近车后门的缝隙,随着这种略显拘谨的接近,它颈部的皮毛竖立起来。它表现出了面对强大敌手和未知的恐惧,于是像是为了给自己壮胆,发出阴沉的咆哮声。

在这个月光明亮的夜晚,那日苏注意到顺着车门的缝隙不断地往下滴沥的血,已经在车轮旁积了一小摊。

后来,他听到毡包里的响动回头时,塔拉已经跌跌撞撞地跑了出来,紧跟着他从毡包里扔出来的,是一个空酒瓶子。

塔拉嘴里嘟囔着什么,冲上了车,狠狠地关上车门,发动了吉普车。

因为油门太大,塔拉倒车时差一点儿撞到勒勒车上。在发动机的号叫声中,吉普车几个幅度很大的盘旋,车体发出险些要散架般的颤响,就奔进了黑暗的草原。远远地,吉普车几个起伏之后,车灯的光柱时而消失隐没在地平线的后面,时而化作质感十足的搅动夜空的巨棒。

直到看不见车之后,那日苏才回过头来,看到巴努盖正低着头嗅着那一小摊血。

这来自荒野的血会让巴努盖的这个夜晚显得与众不同吧。

刚才扎布与塔拉在毡包里争论时,那日苏听得不是很清楚,隐隐约约地也就是听到扎布喊道,狼不会再有了。

不会再有了就不会再有了,会怎么样呢?那日苏没有想那么多,他突然感觉自己饿坏了,钻进毡包找吃的。

那天晚上,也许是因为在车上颠簸了一天,他睡得不踏实,感觉身体所有的部分都脱离了原来的位置,隐隐作痛。半夜,他莫名其妙地醒来了,从炉门的缝隙里可以看到炉火烧得正旺。

但是缺少了什么。

直到厚重的睡意再次袭来时,他才意识到——这个夜晚,没有狼的嗥叫。

真的没有,整个夜晚,山谷都是如此寂静,没有听到那种经过山谷拢回之后更显得悠长而直上云霄的嗥叫。

往常,狼群在整个夜晚呼和着,一头又一头狼,呼唤自己的伙伴，也许是警告在谷地边缘巡游的其他族群，这里是它们的领地，出于尊重必须保持足够的距离。

在那些夜晚，白雪和丹克也会一时兴起地发出一连串的号叫，既像是为自己壮胆，也像是让狼群知道营地和自己的存在。因为营地，它们在面对这些荒野中的野兽时，也就不再感到更多的恐惧。

当然，巴努盖却很少对狼嗥做出反应。

但这个夜晚什么也没有，既没有狼嗥，也没有犬吠。

那日苏睡着了，闪动的炉火让他以为自己在梦中仍然坐在吉普车里，当剧烈的颠簸到来的时候，慌乱中为了坐稳一些，他伸手去抓扶手，结果一把抓空。

这个夜晚，山谷太安静了。

春
羔羊

那日苏不知道整个夜晚有多少只小羊降生。

总之,他和扎布不停地为这些刚刚降生的小东西忙碌着。

那日苏用干草将这些刚刚脱离母体的湿漉漉的小羊擦干,帮助那些颤颤巍巍地第一次站立起来的小羊寻找乳头。对于那些过于瘦弱的小羊,那日苏将它们和母羊一起带到临时搭建起来的棚圈里。

这段时间,那日苏每天放羊要走出很远。为了不让羊吃到太多的刚刚泛青的新草泻肚,上午,他总是找草原上的阴坡放牧,那里的牧草整个冬天都被大雪深埋覆盖,也就保存了更多的养分。下午晚些的时候,他才将羊赶到阳坡吃些刚刚长出的青草。

在寻找草场时，他细心地选择那些生长着野葱❶和白头翁❷的青草地。扎布告诉过他，这些味道强烈的牧草被羊吃下去后，羊会排泄出肠道里积蓄了整个冬天的不洁物，清理了肠道，羊的膘情也就上来了。

那日苏和扎布一直忙到深夜，他感觉自己浑身都是羊的味道，自己也更像一只羊了。

太累了，他觉得自己随时都会倒在地上睡过去。这也是他此时最大的愿望。但他不能休息，这是一个母羊集中生产的夜晚，有太多的小羊降生，需要有人看护。他拿着手电继续在羊群中巡视。不远处，扎布正以一种古怪的姿势跪卧在草地上。他的手电扔在一边，光线已经暗淡了。

他走过去，看到扎布正嘴对嘴地向一只刚刚降生的小羊的嘴里吹气。

它来到这个世界的过程过于漫长，已经窒息了。

那日苏站在旁边，举高手电。

那是一只身上还沾满黏液的小羊，头是黑色的，身上白色

---

❶ 野葱：百合科植物，又名沙葱、麦葱、山葱。味辛，性温，无毒。长期食用可以强智益胆气。将野葱煮水浸泡或捣碎外敷在局部，主治各种山中毒物刺伤、山中溪水的沙虱及箭伤等。

❷ 白头翁：毛茛科多年生草本植物，又名白头草、奈何草、大将军草。性寒，味苦。能清热解毒、凉血治痢。

的皮毛间有杂色的斑点。

扎布小心地掰开小羊的嘴，每次憋足了气俯身将这些温暖的气息吹进小羊的口中后，他总是紧紧地捂住小羊的嘴，于是小羊干瘪的胸廓就会高高地鼓胀起来，但是扎布松开手之后，它的胸腹又垂头丧气地收缩了。

就这样，扎布一次又一次地重复着这个单调的动作——抬头吸气，俯身吹气。在重复了太多次之后，以至于后来那日苏已经有些糊涂了，扎布为什么要做这么古怪的动作，看起来像一匹在旱地中跋涉了太久的马，一次次地啜饮泉水，似乎永远也无法消除那种干渴。

不知道过了多久，那日苏感觉自己举着手电的手臂已经麻木了。

终于，朦胧中，在扎布再一次抬起头之后，那日苏听到一种类似于咳嗽的细小的呻吟声。

扎布放开了小羊，它还是躺在那里，但它开始轻轻地蠕动，四条细长的腿也开始有节律地抽搐。一直站在旁边的母羊靠过来，略显犹疑地低头嗅着小羊。

"回去睡吧。"

扎布的声音有些嘶哑，他在用袖子抹自己的嘴，尽量不让小羊身上的黏液进入自己的口中。

那日苏还想说什么，但他感觉自己连说话的力气都没有了，他拎着手电摇摇晃晃地进了毡包。

他还记得关掉了手电，然后就一头扎在毡子上睡着了。

那日苏睡了很久，后来，感觉脸上湿漉漉的，试着用手拨开时摸到了一个冰冷滑腻的东西。

他立刻惊醒了。

拧开手电，两只小羊就依偎在他的身边，它们半干的皮毛在手电的光线下闪闪发亮，像是某种金属打造的动物。

他有些糊涂，不知道小羊为什么会在毡包里。

正在此时，毡包的毡帘被掀起，他以为是扎布。

但迎接他的是在手电光下两点闪烁的绿色荧光，是巴努盖，它的口中叼着一只刚刚降生的小羊。

它也没有想到那日苏已经醒了，面对着直射它的手电光，它非常不适应，将视线投向一边。

那日苏挪开手电，巴努盖才将小羊轻轻地放在毡包里，随后开始耐心地舔舐小羊，直到几乎舔净了小羊身上所有的部位，才转身离去。

那日苏爬过去，将这只还在颤抖的小羊拎了过来，和刚才的两只小羊放到一起，塞进皮被里，然后自己也钻了进去。

在草原上，这样的牧羊犬已经越来越少了，它们天生就懂得将那些被母羊遗弃的小羊舔干净，然后叼进毡包。以前，在老巴努盖没死的时候，每个春天接羔时，它都会把那些被母羊抛弃的小羊叼进毡包里。

看来，老巴努盖和现在的巴努盖确实是一个品种的牧羊犬。

那日苏再醒来的时候天已经亮了。

扎布在炉子前生火煮茶。

三只小羊正在毡帘边向外张望。

它们的身体已经干透了，毛色干净得发亮，黑色的部位竟然呈现出乌鸦翅膀般金属的色泽来，那些白色的部分，卷曲的毛像一朵朵小小的云彩，像一个个闪亮的旋涡，像燃烧的火焰。

小羊急切地叫着,它们饿了。

那日苏知道,让这些此时无异于孤儿的小羊重新被母羊接受,也是一件很麻烦的事。

不过,在这个没有女性的营地里,扎布和那日苏都已经熟稔劝奶歌❶的唱法。

母羊的乳房胀得厉害。

乳房由于膨胀到极致,表面青色的血管也就被挤绽得更加清晰可见,像那日苏看过的一本地图册上的河流。

乳房里已经充溢着乳汁,甚至乳头上已经有溢出的乳汁滴沥下来。

但即使如此,这些向来以温顺而著称的绵羊,却表现出令人难以置信的执拗而凶狠的一面。

它不让小羊接近。

刚才,那日苏把小羊撒开的时候,饥饿的小羊不顾一切地冲向母羊。小羊生就一副与娇小的身体不成比例的伶俐长腿,

---

❶ 劝奶歌:或称哄羊歌、吠咕歌。草地上有此古老传统,当母羊拒绝为羔羊哺乳时,牧人会在马头琴的伴奏下吟唱古老的劝奶歌,直至母羊感化落泪为小羊饲乳。劝奶歌各地有别,多数只有吠咕两个音的歌词,并由此随意衍生出一些简单的歌词。

不得不像长颈鹿饮水一样叉开双腿——更多的时候是跪下两只前腿,然后仰起头以近似野蛮的激烈动作顶撞着母羊的乳房。那种迫不及待的吸吮令人心生怜爱,母羊此时也会半侧着头,轻轻地在小羊的身上舔舐。当然小羊身体上最灵动的还是那只垂在身后的尾巴,从那尾巴摇摆的速度和频率就可以得知它吸吮的奶量,或奶汁从口腔流向肚腹时它的满意程度。当它的尾巴处于痴迷状的颤抖时,那应该是它得到了足够的奶汁,最幸福的时候吧。

当小羊成年之后,尾巴极富动感的表现能力也会随之失去。

此时,这只小羊的热情没有得到任何回报,母羊一直冷漠地凝望着远方,同时不耐烦地扭动着身体,避开小羊那温暖的粉红色唇吻。

刚才那日苏从毡包里放出来的小羊,有几只已经找到了自己的母羊。一些最初抛弃幼崽的母羊幡然悔悟,于是几只洁白的小尾巴像轻柔的小手帕在迎风飘舞,还有几只没有找到母羊的小羊惊慌失措地"咩咩"叫着,在一对对母子间徘徊,四处张望。那日苏知道,这几只小羊的母羊都是比较执拗的家伙,需要他和扎布下一番力气才能够让世界恢复正常的秩序。

而此时,这只小羊已经不顾一切,略显粗野地将头向母羊的腹下挤去，这突兀的动作显然有些触怒了母羊。母羊那种漠然的神情被一种极度的厌烦代替，后腿一蹬竟然将小羊弹出两米多远。

小羊趔趄着，努力保持着平衡让自己没有跌倒。

它的身体过于轻飘，甚至不具备摔倒的资格。

但它却仅仅站在原地短暂地失神，然后迅速地将这归结为一个小小的挫折，再一次向母羊靠过来。这一次，母羊低下头，狠狠地撞向小羊。

母羊用足了力量，小羊被顶翻在地。

小羊在地上打了个滚儿，又站了起来。

它不缺少执着，但它开始犹豫了，晃着俊俏的脑袋向四周张望。旁边那些已经被母羊接纳的小羊正使出全身的力量吸吮着乳汁，似乎要将刚才浪费的时间补救回来。它们的尾巴因为用力而僵直不动。

不过，也许饥饿让小羊昏了头脑，它再次毫不犹豫地冲向母羊。这次它受了更大的打击，母羊不但将它顶翻在地，甚至还追逐着它，一次次地顶向它的两肋。

羊即使是面对狼也从来没有表现出这样的勇气，只是紧紧地挤成一团。这母羊像是患了最严重的健忘症，对眼前的小羊视而不见，并以这种可怕的粗暴方式对待自己的幼崽。

小羊逃避着，它已经彻底地绝望了，终于放弃了得到乳汁的梦想。也许是因为自己找错了母亲，它有一刻甚至跑开了，在其他那一对对母子间转来转去，但显然那些母羊和小羊没有出现任何的差错，它们都安静恬适地享受着哺乳的时间。

小羊又跑了回来，但它不敢再接近母羊，只是远远地看着母羊，哀哀地叫着。

这是那日苏最不喜欢的声音。

如果世界上有什么是他不能忍受的，应该就是这种无助小羊的悲鸣了。每当听到这种声音，他都感觉自己心中的力量被一点点地抽走，感觉自己越来越无力。

那日苏仔细地打量着这只小羊。

因为刚刚降生并没有多久，它身上那短短的卷毛还没有因为沾染草地的风尘而呈现出淡淡的灰暗，白得像刚刚展开的哈达上飘动的丝穗。

每年春天都是这样。

像是上天投下了几颗黑色的果实，有些母羊会在产羔后像着了魔一样拒绝小羊接近自己，不给小羊哺乳。它会以一切可能的手段拒绝这只刚刚从自己体内产出的小东西，用上自己的蹄子和角，或者仅仅是用身体撞开小羊。

母羊这种有悖常性的所作所为彻底颠覆了人们印象里温驯至极的羊的形象，对于很多并不了解羊这种动物的人来说，几乎是不可思议的，但事实确实如此。

那日苏就那么一直看着这只惶惶不安的小羊，陷入了一种失神的状态。

他什么也没有想，只是那样看着。

从很小的时候开始，他就喜欢那样静静地注视着什么，也许是黄昏远方的地平线，或是出现骚动的畜群。

温暖的阳光晒得那日苏心生倦意。

这是春日的草地一天中最舒服的时刻。

很快，当太阳沉入地平线后，寒气会迅速地笼罩大地。

天边的落日在坠落的最后时刻，极尽所能地放射出最后的光芒。那是远古留下的一颗神的火种，此时点燃大地，顷刻之间草地轰然燃烧起来，盘曲流过草地的河水像从熔炉中泻出的熔化的钢流，横陈在血色的黄昏草场上，地平线上那些巨大丰硕的云朵同样翻滚着化为升腾的火焰。

黄昏的草地。

畜群已经静静地安歇在毡包四周，等待夜晚到来时心安理得地反刍一天的草料。它们归来时扬起的尘土还没有消散，以一种怀念遥远岁月般的温暖笼罩着小小的营地。

毡包上的炊烟已经软软地升起来了，那是地平线上最温暖的景象。

那日苏喜欢营地的黄昏。

扎布在这种时候总是喜欢静静地望着远方，尽管那里除了地平线一无所有，他就那样一直望着，抬手遮住那血一样浓醇的阳光。尽管如此，无所不在的阳光还是在他被草地的风侵蚀得如同石块般的脸上留下这一天中最辉煌的色彩。连巴努盖它们也静静地卧在营地边，眺望着远方。

那日苏记得在自己很小的时候——小得记不住自己究竟有多大，有那么一天的黄昏，在勒勒车旁玩耍时，他突然感觉自己幼小的心脏被这种静穆的气氛攫住。他安静下来，像扎布那样向远方眺望，在内心最安静的深处，他知道，那一刻，一匹骏马的影子已经悄然潜入他的血脉之中。

那燃烧的地平线后面有什么？

那日苏一直对这个问题心存疑问，他这样问过扎布。扎布告诉他，自己小的时候也总是这样想，想到地平线的后面去看看。而他们的祖先，也是抱着这样的疑问，骑在马上奔向地平线，一直向前探索，翻越被夕阳点燃的地平线，去看地平线后面隐藏着的未知的世界。就是在这种好奇心的驱使下，草原的马蹄声响彻世界。游牧者的子孙总是被这种勃动的血性蛊惑，这疑问已有千年，未曾改变。

当那日苏意识到什么，向扎布那边望过去时，他看到在扎布的看护下，一只被母羊抛弃的小羊已经开始吃奶。扎布小心翼翼地退后，母羊并没有进一步拒绝的动作。这只小羊的命运已经改变了，它可以活下来。至于是否能活过荒旱的春季，那就是以后的事了，至少现在它获得了生存下去的机会。

而他这边，还什么也没有做。

此时，夕阳已经沉入地平线，在一瞬间光明也随之而去，与之同来的是逼人的寒气。草地像失温的巨兽陷入深深的昏睡，也许这巨兽沉沉的梦呓就是这黑夜草地的隐秘吧。

那日苏用河边捡来的漂流木和风干的牛粪点起了一堆火。

那日苏将母羊拴住，然后捉住了一直在附近徘徊的小羊。小东西在被他捉住的时候用力地挣扎着，力量倒也惊人，但很快就放弃了。毕竟，没有食物支撑，它根本就没有什么力气。它小小的心脏在脆弱的肋骨下剧烈地跳动着，像一只不安的小动物，随时会夺门而出。

那日苏抱着小羊坐在母羊的身边。三头牧羊犬慢慢地靠了过来，在他的身边趴卧下来。

巴努盖靠着他的脚边趴下了。

它注视着火堆那已经烧得发蓝的焰心，很快那在长毛掩遮下的琥珀色的眼睛在火光的映照之下渐渐地朦胧起来，经历着它久远的祖先第一次走出荒野来到人类的居所面对着火——这莫名闪亮的神圣的东西——感到的同样的迷惑，这似乎是它们一直也无法理解的东西。

扎布进了毡包，再回来时，手里拎着马头琴❶。他摇摇晃晃地走过来，像所有的牧人一样，一旦离开马背，就像在地上行走的鹰，笨拙而不知所措。他一言不发地盘膝坐在火边，开始调动琴轴，琴轴发出几声干涩的摩擦声，琴弦嘶哑地呻吟着。他耐心地调试着，伴随着火中木柴毕剥的断裂声，琴声渐渐地流畅起来，他似乎也对自己的试音弹奏感到有些满意，眯起眼睛，沉浸在这沉缓而略显寂寞的琴声中。

---

❶ 马头琴：蒙古族传统民间拉弦乐器，成吉思汗时期已经在草原上开始流传。木制琴身，长约1米，双弦，共鸣箱呈梯形，马皮蒙面，因琴柄的顶部有雕刻的马头装饰而得名。在内蒙古西部地区称作"莫林胡兀尔"，在内蒙古东部的呼伦贝尔盟、通辽市、赤峰市则叫作"绰尔"。马头琴所演奏的乐曲低沉、粗犷、激昂，深受草原牧人的喜爱。

那日苏怀中的小羊再次躁动起来。它惊慌不安，毕竟它还不能适应人类的怀抱，当然也不知道自己的命运即将发生变化。尽管因为没有喝到富含营养的母乳已经略显虚弱，它还是睁着那一双睫毛长长的不安的大眼睛，挣动着对于它那个小身体来说过于纤长的四条腿。它不知道等待它的是什么。

发生的一切对于这样一个幼小的草地生命来说确实显得有一些不公平。命运之神无意中不知道拨动了哪一根不必要的琴弦，给予它被自己的母亲抛弃的厄运。

母羊站在原地发呆。

小羊在那日苏的怀里瑟瑟发抖，不知道是因为对可能发生的未知的一切感到恐惧，还是因为看到了母羊。它慌乱地在那日苏的怀里挣动，用它仅存的力量用力地弹动着四条细长的腿。

这似乎是一个小小的骚乱，但很快平息了。也许是因为它真的已经没有多少力气，或者是那日苏一直抚摸着它的额头喃喃自语。那日苏也不知道自己说的是什么，但他相信这样做至少可以让它明白目前并没有任何危险。

饥饿，以及傍晚那可怕的遭遇，对于这样一只脑容量小得可怜的小羊来说，确实是难以理解的。作为一只小羊，它应该做的就是每天紧紧跟在母羊的身后，饿了就取食丰美的乳汁。那才是一只小羊的完美生活。

扎布短促地拨动了几下琴弦，算是询问那日苏是否可以开始。

颤抖的琴弦发出第一声呻吟般的前奏，那是一种将所有的一切拉入最深夜色的开始，与刚才他拉出的那种曲调完全不同。这前奏的过程也是在酝酿着一种更适合歌唱的情绪，这是进入游牧民族长久以来遵循的祖训的过程，那样小心翼翼，谨慎而恭敬地等待着轻轻地推开那扇神祇之门。

那是骏马抬起头颅般的悠长。

扎布显然已经触摸到了那扇通向古老谣曲大门的把手，他已经沉浸其中，微微地眯着眼睛，像酒至微醺般地满足，如百灵鸟灵活地在琴上翻动的左手在抚动中出现了漂亮的装饰音。这是更适于草地的歌，应该属于广袤的大地，需要足够至天边的空间让这些琴音游荡，悠长如成吉思汗骏马的长吟。

这是只能属于最深处的草地的琴声，牧人将此代代相传，只为了这样的夜晚，完成某种隐秘而更利于游牧民族存活下去的使命。

应和着这琴声，那日苏让自己的声音渐渐地融入其中。最初，他只是合着琴声发出数落般的喃喃自语。他需要一个过程适应这一切，上一次歌唱已经是一年前的事了，那个春天只有三只被母羊抛弃的小羊。

那日苏以略显夸张的动作轻轻地晃动着身体，抚摸着已经安静下来的小羊，像抱着一个恬静的婴孩。他让自己像草地老人一样陷入了仅有的回忆之中，六月草地的丰美，八月丰满的羊群，隆冬季节那可怕的雪暴。

歌声具有一种类似催眠的力量，那日苏感觉自己在悄然间沉醉其中，他让空气错落有致地在唇间翻滚，在舌尖的吞吐之中，自己的歌声就含带着某种渗透一切的绵长与悲凉。去年，他还在模仿，但现在，他感觉自己表达的一切已经如此接近真实。那种先祖来到无边草场的自由酣畅与些许的茫然挥之不去，这是游牧部族对青色营盘的眷恋，对长生天赐予肥美草场的由衷赞美，对自己一生的回味。

一个逐水草而居的民族感谢苍天悲悯的歌声。

大地寂静无声，都在倾听这草地少年歌唱的草场和听来的关于祖辈对遥远年代的追忆。

巴努盖目光迷蒙，沉入某种回忆之中。

一直站在原地一动不动的母羊此时似乎发生了某种变化。它像一个承受了彻夜拷问的人一样，半低着头，尽管那困意般袭来的歌声正震动着它内心深处的什么并慢慢地使它松动，但它本能地抗拒着，它不时像自我解嘲一样神经质地摇一下头，好像要驱赶一只在它眼角上舔舐汁液的牛虻。

这是关键的时候吧，那日苏感觉到那种松动——春天，那漫长的冬天结束时的一种缓和，但也蕴含着面对大雪暴劫后目睹零落畜群的无奈，冰雪已经变得疏松，可以听得到冰层下流水的涌动。

那日苏的歌声和缓了一些，像在讲述一个失去鲜亮色彩的久远的故事，那样娓娓道来。扎布手中的马头琴竟然与那日苏的歌声配合得如此默契。毕竟这是传说中以牧人死去的心爱骏马的骨头与鬃尾制成的琴，那琴声就是骏马的飞扬的魂魄，就是为了歌唱故乡的草地、河流与牧场、蓝天与飞云。那日苏想起那个曾经被不断地提起的最寒冷的冬天，马群在无处可藏的旷野之中被冻死，就那样聚成一群，挺立着，直到春天才在某个温暖的夜晚訇然倒下，回到一直哺育它们的草地上，化为泥土。

那日苏似乎已经感受到将要融化一切的温暖的风，吹拂到他的脸上。

那日苏停了下来，他其实已经唱了很久了。

这是草地最安静的时刻，连那些反刍的牛羊也停止了咀嚼，沉入梦乡之中了。

那日苏再次开唱。

慢慢地，一连串几乎没有间隔的颤音从他的唇间滑出，似乎那是一种轻轻的责备或嗔怪。远方的孩子，你离开家已经太久了，为什么还不回家呀……那日苏第一次听扎布唱这歌时，

感到有些不知所措,他感觉自己的周围缺少了什么。

如果说下午母羊的表现过于离经叛道,以至于让人怀疑它是恶魔的化身,那么此时在这神示般的歌声中,可以看出它的心并没有像隆冬的寒冰一样坚不可摧。

如果那样,它可真的就是恶魔了。

它似乎在寻找一个出口,或者说在抗拒什么,甚至像是在摆脱挥之不去的困意,试图做出某种选择。但它那四只蹄子仍然坚定地立在原地,几乎没有移动一下,就那么一副任你宰割的样子直挺挺地僵立着。它努力地维持着作为一只羊的应有的品格,平静而听天由命。但那日苏有时真的不明白,为什么在面对这只确实是它所产下的小羊时,它表现得这样执拗,无论如何也不愿意接受。

已经出现某种决定性的转变,母羊抬头向那日苏的方向看了一眼。当然,它想看的是那日苏怀里的小羊,然后受惊一样将目光移开了。这一瞥似乎让它受到了致命的伤害,竟然没有勇气再看一眼。

当然,对于那日苏怀中的小羊来说,尽管此时仍然饥肠辘辘,但终归在那日苏温暖的怀里,傍晚那灾难般的记忆已经显得如此遥远。而此时萦绕在它耳边的歌声,在它听来应该是可以催眠的，它目光迷离，偶尔抬头看看火，似乎就要睡着了。对于母羊，它倒是没有看过一眼，似乎它已经不再对这个世界怀有任何期待。尽管对一只小羊来讲，母羊就是它全部的世界。

那日苏的歌声已经略显疲惫，但他并不打算停下，继续轻轻地摇动着怀中的小羊，歌声从他唇舌间轻轻流淌而出，更加温和。

那日苏喜欢这歌，简洁和缓如流过草地的河水，像草场四季的枯荣的悄然流转，追随着季节的转场，在这歌声中竟然可以得到游牧生涯的一切。草地那位于大地最深处的心脏也在轻轻颤抖，苍凉如深秋的雁阵顶着萧瑟的风从草地上灰色的天空中飞掠而过，以雪融化般的缓慢在地平线上消逝。

扎布停了下来，向火中添了一块木头。火仍在燃烧，但那日苏除了面对火的胸前和脸上感到炙烤的炽热，身体其他的部位还是感到随着夜的深入而加剧的刺骨寒气。那日苏在吟唱时竟然从口中冒出团团看得见的白色雾气。

那日苏相信此时自己正在举行着草地上最古老的仪式。

来自遥远成吉思汗时代的歌声正穿越无边的黑夜，照亮被冰冻的母羊的心房。就是这样的一首古歌，那日苏是这样唱的，扎布也是这样唱的，扎布的母亲也是这样唱的，一代代传承下来，那悲凉而洞越牧人内心的悠长的曲调，那呼唤远行的孩子回家的歌。

一个影子滑过那日苏的脸，它挡住了那耀眼的火光，是那只母羊。

它竟然移动了脚步。在火光的背景之下，只有一个黑色的瘦得可怕的影子，它竟然像个幽灵一样慢慢地移动了。一开始只是向那日苏的身边移动了一步，然后又一动不动，似乎在为自己做出这样一个决定而深深地懊恼，但它仍在犹豫是不是应该再退回去，但那显然已经没有任何意义了。

那日苏轻轻地舒了一口气。

也许这是最关键的时刻，他并没有停下来，为了刺激母羊，他放慢了歌声的节奏，类似一种咏叹调，更像是一种轻轻的喷怪，温和如夏夜汩汩流淌的河水。

这古歌有不可抗拒的力量，母羊像落入湖水中就要被溺毙般地挣扎着摇晃着头，像是有一双无形的大手正在紧紧地扼住它的脖

子，它因为无法呼吸而陷入缺氧的状态。

那种巨大的力量正压迫着它。

它又向前移动了，它轻轻地颤抖着。那日苏知道这种颤抖并非来自寒冷，这种极富忍耐力的动物在最寒冷的隆冬季节宁可挤成一团宁静地死去也不会颤抖的。

它那双琥珀色的眼睛里无动于衷的神情已经荡然无存。此时，它如此执着地注视着那日苏怀中的小羊，像发现了一个伟大的秘密，它小心翼翼又不知所措，不知道应该如何面对这备受欺凌的弱小生命。

也许是在原地站得过于长久了，或者是这歌声让它失神，母羊开始走向那日苏时有些四蹄不稳，步履蹒跚。它以偶蹄目食草类动物所特有的方式伸着脖子慢慢地向前走，尽管脚步不稳，却走出一条标准的直线，它的目标就是那日苏怀中的小羊。

扎布停了下来，过去解开了它脖子上的皮绳。

在那日苏温暖的怀里——那里本来就是可以催生睡意的温柔乡——已经睡眼蒙眬的小羊也发现了正在慢慢靠近的母羊，作为一只尚不能对世界做出任何评判的幼崽，它仍然无法从傍晚那黑色的梦魇中逃脱出来。

它不知道等待它的是什么，那日苏的怀抱已经不能让它感到安全，它不安地踢动着四蹄。

那日苏紧紧地将它抱住。他在等待着母羊走近。

母羊最后的几步已经恢复正常，但很缓慢地走到那日苏身边，探出鼻子轻轻伸向小羊。

因为那日苏抱得很紧，小羊并没有能力跳开，逃进黑暗中——此时它大概以为那里才是最安全的吧。

母羊的鼻子落在小羊的身上，似乎略有迟疑，它在辨认着小羊身上的气味。

那日苏左手仍然搂着惊慌的小羊，另一只手先是在小羊的身上摩挲着，然后又落在母羊的头上、身上，口中喃喃自语，像是责备因为玩得忘情而忘记回家吃饭的孩子。他学着扎布的样子，他学得很像。

这个过程持续了大约有十多分钟。

随后，那日苏将小羊放在面前的草地上。那可怜的小生命因为突然间离开了那日苏的怀抱，站在冰冷的草地上而表现出一种第一次离开洞穴来到地面的小兽面对广阔世界的茫然，当然恐惧也是延续自傍晚母羊对它的粗暴拒绝。它叉开四蹄轻轻战栗着，等待着随时可能发生的再一次撞击。

那样的事并没有发生。

母羊从头到尾地将小羊嗅了一遍，更像是某种验证过程，那也是一种母爱被尘封之后回归的必经程序吧。它的动作越来越轻柔，甚至伸出舌头轻轻地舔舐着小羊的皮毛——这种行为只在面对刚刚出生的小羊时比较常见，同时不时用脸颊摩擦着小羊的身体。

小羊似乎还是没有理解这种肢体语言的内在含义，它甚至将这理解为一种威压，不得不半蹲着腿等待着随后突然间出现的什么。

母羊终于做出了一个具有决定性的动作，它轻轻向前走了两步，刚好将自己的腹部展现在小羊的面前。

此时一直期待的乳汁已经到了小羊的面前，它大概恍然以为是在梦中吧。

傍晚那无论是从肉体还是精神上的撞击和拒绝都几近在小羊的大脑中留下铸定性的记忆，它还是没有勇气嘬住奶头。

母羊已经回过头来，嘴唇轻轻触碰着小羊的脊背。小羊似乎仍然不能分清这是鼓励还是警告，但饿得太久的它已经顾不得臆想中可能出现的惩罚了，尽管还是有些迟疑，终归还是俯下身体，跪在地上，衔住了母羊的乳头。

母羊也似乎在小羊的吸吮中感受到一种期待的满足，侧身回头轻轻舔舐着小羊。

没有受到任何威胁性的拒绝，小羊在最初的几下试探性吮吸之后，已经不顾一切，它迅猛而有力地撞击着母羊的乳房，忘情地品尝着丰美的奶汁。那根已经停滞了很久的小小的尾巴此时无比精神抖擞地晃动着，像一朵白色的火苗，只是看到它抖动的频率，就可以知道它有多么的惬意。

那个夜晚，那日苏几乎唱了一夜，四只母羊接纳了自己的小羊。

这古老的歌有神奇的魔力。

那日苏知道，母羊能够重新接受小羊，不是因为他的歌唱得多好，仅仅是因为这歌本身。

这歌声里，有他看不到的光芒，照耀在这片广袤的草地之上。

但有一只母羊似乎真的是被迷了心窍，无论如何也没有让小羊靠近自己。这没什么，那日苏会将那小羊养大的。

天边已经出现了被刀锋划开一样的切口，从中透出暗蓝色的湖冰般的光泽。

天就快亮了。

夏
夜

七

天空太远，在最遥远的高空，是透彻的蓝。

高空的云被强风吹动，越来越淡，最后就被风吹散，渐渐地消融在蓝天中。

也许是融化了吧，那日苏想，就像放入热锅中的黄油。

扎布已经开始吊那匹黄色的母马[1]。

每天上午，将羊群赶进草地之后，他就会解开那匹拴了一夜的黄马，骑着它在草场上慢慢地颠跑，跑到母马开始出汗的时候，又颠回营地，将它拴起来。往年营地上准备参加那达慕赛马的几匹马今年都被弃用，扎布只吊了这一匹马。

现在，那日苏已经不再关心黄马是否比去年参加那达慕

---

[1] 吊马：即草原牧人在那达慕赛马比赛前，将马拴起，不让马随意采食草料，控制马的食物摄入量，以保持体重，确保马匹以良好的状态参加比赛。

跑进前十名的沙栗马❶要快，更多的时候，他在担心扎布。

一个月前，扎布去旗❷里买给羊药浴用的药，跟那日苏说好，当天晚上会住在旗里。

可就在那天深夜，睡熟的那日苏听到毡包外牧羊犬不安的吠叫声。他起来拎着手电筒走出毡包，看到扎布走时骑着的黑马孤零零地站在毡包外，鞍子和笼头都在。

那日苏骑着马带着巴努盖顺着往旗里的方向寻找，天色尚暗，他也不知道应该怎么找，不过他想一直往旗里去的方向应该是不会错的。

直到天色将明的时候，他也不知道自己骑着马走出多远，手电筒的电即将用尽，光线暗淡下来。一直不紧不慢地跟在旁边的巴努盖突然发出一声像是警示般的低吠。

在清冷的春日凌晨，巴努盖的唇吻已经挂上了白色的霜，它定定地伫立，目不转睛地向草地深处的一个方向凝视着，而耳朵终于指定了一个方向。

随后，它回头看了一眼，发出一声略显焦躁的低嗥。

---

❶ 沙栗马：沙栗色马，即马的全身栗色，上面散生白色的毛。

❷ 旗：相当于县的行政级别。草地牧民所称的旗一般是指旗政府机关所在地，有学校、医院、商店等设施，为旗的政治、经济、文化中心。

它发现了什么，在这空茫的草地上，那日苏知道牧羊犬的感知能力比人要强很多。

"巴努盖，去找，去找！"那日苏指着那个方向以非常坚决的语气命令巴努盖。

巴努盖迅速跑开了，很快就消失在尚还昏暗的草原之中。

那日苏只是一愣神之间，再催马追赶时发现巴努盖已经跑远了，一点儿踪迹也没有了。

他打马循着认为正确的方向跑过去。

他不知道应该指挥着马跑向哪个方向。

在前方不远的地方，传来巴努盖浑厚的吠叫声，从巴努盖宽阔的胸腔中迸发出的咆哮如同地平线上遥远的雷声，轰轰作响，震荡着夏日空茫草原上寂寥的黎明。

不是每一头牧羊犬都能发出这种闷雷般的咆哮，这种听似并不刺耳的吠叫声在空荡的草原上却能传出很远，如巨鼓擂出的声响，震得人耳鼓发麻。有经验的牧人刚刚在地平线上看到营地的轮廓，只凭迎风而来的牧羊犬的吠叫声，就可以判断出这是不可多得的好犬。当然，对于那些狼群，这种吠叫声足以让它们放弃偷袭营地窃取羊只的想法，能够发出这种吠叫声的牧羊犬都是难缠的角色。为了不丢掉性命，狼群往往会避开拥有这种牧羊犬的营地。

那日苏跑到跟前时,天已经快亮了。

远远的,他看到巴努盖正在草地上拖拽着一头灰黑色的动物,看那体形,应该是一头獾❶子。

那日苏没有想到此时巴努盖仍然有此闲心捕猎,他拍马上前准备过去打上它一鞭子。

但马刚跑了几步,他突然意识到什么,唤马停了下来。

是扎布,而体形看起来那么小是因为地面只露出了他的上半身。

扎布浑身都是已经冻硬的泥浆,神志已经不太清楚,也不知道在这里折腾了多长时间。

他应该是在旗里和朋友喝了太多的酒,晚上回营地的路上糊里糊涂地走进了这块泥淖地,从马上跌了下来。马自己回了营地。

那日苏呼喊扎布的时候他几乎没有什么反应。不过,在巴努盖咬住他肩膀处的袍子用力地向外拖拽的时候,他的身体跟

---

❶ 獾:此处指狗獾,食肉目鼬科动物。体长49~61厘米,体重5~10千克。头部有三条白色纵纹,背面体毛为暗褐色与白色混杂。喉部、腹面为黑褐色。尾毛黑棕色。广泛分布于欧亚大陆,栖息于森林、灌丛、荒野、草丛等地。穴居,夜行性。以植物的根、茎、果实,以及蛙、蜥蜴、昆虫等为食。中国民间有以獾油治疗烫伤的习惯。

着轻轻地摇摆着，看起来关节还很柔软。

那日苏绊了马正准备向前走时，突然感觉脚下的地面像水波一样荡漾起来，顷刻之间两脚就陷了下去。他惊骇中挣扎着跳开，费了好大力气才抽出了双脚，地面上留下两个巨大的泥窝。而泥窝因为空气的灌入发出了叹息般的呼啸声。

那日苏拖着两只沾满了黑色污泥的靴子坐在草地上。

就是这片泥淖地，去年春天，营地的一头公牛陷了进去。扎布和那日苏忙了一上午也没把牛弄出来，后来找了附近营地的十几个年轻牧人，用大绳将公牛拖出来时，公牛的腿已经断了。

那日苏是走不进去的，看似平坦的草地下面却是沉积万年的黑色淤泥，一旦陷了下去，再想挣脱就困难了。

在那边，巴努盖倒是干得有声有色。它咬着扎布的袍子拖拽几下，自己的爪子要陷下去的时候，马上转移地方，从另一个方向再次向外拖拽。它已经拼尽全力，叼住扎布的袍子用力向后拖拽。它的鼻子里发出像咬住狼时绝不松口般的低沉咆哮，既像是在跟吸附着扎布的淤泥较劲，又像是在为自己鼓劲。

那日苏什么也做不了，只能远远地在一边高喊着为巴努盖鼓劲。

扎布自腰以下都陷在淤泥中，这也就让巴努盖拖他出来时更费力气，为了让自己不在一块地面上待得太久而陷下去，巴努盖不断地挪动着位置，从不同的角度拉扯着扎布。远远地看过去，似乎是巴努盖在对付一块过于烫嘴的食物，不知如何下口才好。

进展虽然很慢，但毕竟，扎布正一点点地被拽出泥淖。终于，当扎布的双脚——他的靴子被永远地留下了——最终脱离泥窝时，泥窝深处发出一声垂涎欲滴般吞咽的声响，泥淖对扎布还是恋恋不舍的。

巴努盖已经成为一头泥狗了。

扎布一旦脱离泥窝，拖起来就轻松了很多，很快就被巴努盖拖到了安全地带，最后的几步，那日苏跳了过来，趁着脚下的泥淖再次发威之前帮助巴努盖将扎布拖到了坚实的草地上。

巴努盖蹲坐在一边喘息。

那日苏仔细地检查了扎布，在他几乎已经被巴努盖扯烂的袍子下，他的心脏还在跳动，而且他还有微弱的呼吸，只是在泥淖里冻得太久，身体失温。

将浑身淤泥的扎布扶上马背确实让那日苏颇费了一番力气，最后那日苏怪叫一声为自己助力，最终将瘫软的扎布横放在马背上。

也许这古怪的姿势对胃的压力太大，马没走几步，扎布就呕出了大量呕吐物，带着酒的气息。

但这次呕吐似乎也催生了他的生命力，他发出低微的呻吟声，并且为这个古怪而尴尬的姿势咒骂着那日苏。

但他无能为力，他已经冻僵了，没有办法骑坐在马背上。

在回营地的路上，那日苏想起，小时候扎布曾经跟自己讲过，很多年前，有一次扎布在冬天喝醉了睡在外面，是老巴努盖找到了他，将他舔醒后带回营地，他才没有在那个冬天被冻死。

因为在泥淖里冻了一夜，扎布着了凉。

在每个安静的夜晚，从毡包里传出的咳嗽声都令牧羊犬感到不安，发出略显惶恐的嘟囔声。

有时，扎布几乎整夜都无法入眠。

咳嗽，几乎从不停歇，偶尔地安静，似乎也是为了更剧烈的下一次做准备。那咳嗽声也越来越尖厉，更像在初冬的季节敲碎刚刚解冻的冰层般的破裂声。

那日苏躺在被子里一声不吭，他努力让自己忘却那样一个念头——扎布的身体里有什么东西已经坏了。

扎布吃得也越来越少。

那日苏感到了那种迫切的恐惧，他想让扎布好起来。

他不知道自己应该做什么。

扎布每天都在吃药，放在药箱里的药。在那古老的药箱里，有从甘珠尔庙的喇嘛那里得到的包着黄纸的草药，也有从旗里的西药店里买来的西药。

这些药似乎发挥了作用，扎布确实不咳嗽了，但他越来越瘦弱。有时候，那日苏从他的身边走过时，惊恐地感觉他已经缩小了。

那日苏开始试着用自己的方式让扎布的身体变好。

傍晚回到营地时，跑在最前面来迎接他的是巴努盖，那么扎布就会好起来，而先跑过来献殷勤的丹克和白雪则会遭到他的鞭打，而它们确实不知道自己做错了什么。如果早晨出牧的时候第一次看到的鸟是成对的，那么他相信这是扎布会好起来的兆头，而对单只出现的鸟，他则假装根本就没有看见。他甚至经常从马背上俯身从某只羊的身上揪下一缕羊毛，数出羊毛的单双数来。

有时单数是好运气，有时双数是好运气。

每一天，他都过得小心翼翼，有时候甚至开始计数肉粥中的肉粒。

那日苏相信，扎布会好起来的。

秋
云影

那达慕大会的日子越来越近了,扎布把更多的时间用在吊黄色母马上。

每天除了遛马之外,更多的时间,他都在修饰那副古老的鞍子。他将从旗里买回的银子耐心地锤打成精美的银片,然后包镶在鞍子的上面。而鞍子上原来的银饰,则被他用软皮子擦得闪闪发亮。就连鞍子上的皮件,也被他擦拭得呈现出阳光下的红铜一样醇厚的颜色。

这副古老的鞍子将放在那匹黄马的背上,而那日苏则要骑着这匹黄马参加那达慕大会的赛马比赛。

当然,真正开始比赛的时候,鞍是要被卸掉的。

而扎布,仍然吃得越来越少,有时候,只是早晨喝一碗奶茶,一天中就不再吃其他的东西了。

那日苏看到扎布的颧骨越来越明显,而皮下仅有的那一点儿脂肪也消耗殆尽,整张脸看起来棱角分明,而那种经年被草原上的风吹得黑红的脸色却越来越明亮，越来越像他每天擦拭的马鞍上皮件的颜色。

黄羊再次在高岗上出现。

扎布将手中的望远镜交到那日苏的手中，骑着黄马奔高岗而去之后，那日苏将望远镜举了起来。

那是一头落单的黄羊，正站在高岗上四处张望。

也许它更应该在山谷中穿行，或者在平坦的草原上隐身，此时它所站立的位置让它纤细的身影如此鲜明突兀地凸现在大地的轮廓线上。

黄羊惊恐万状地逃开了。

那日苏调整镜头的方向，在高岗下面的一些地方，黄马驮着扎布，在干爽的草场上腾起一串经久不散的烟尘，向岗上冲去。

黄马一直冲上高岗，几乎没有减速，看来这段时间扎布确实把它调理得很好。距离那达慕大会还有十来天，这是正式赛马前的一次预热吧。

扎布催着黄马追随黄羊翻越高岗之后，那日苏就看不到他了。

那日苏举着望远镜等了很久，也没有看到扎布骑着黄马在高岗上出现，看来那确实是一头难缠的黄羊。

吹过草场的风已经略带凉意，蒙古高原上的秋天已经来了，牧草在略显枯败间已经拔出白色的草苇。

天空中洁白的云团压得很低，随风慢慢滑过草原，而每一片越过营地的云，都会在营地上留下一片凉爽的影子。在这段云飘过的时间里，那日苏不必再抬起手遮住耀眼的阳光。

那日苏不用抬头，仅仅是根据自己享受凉爽的时间，就可判断刚刚从营地上空飘过的云的大小。

整整过去了三块云的时间之后，那日苏再举起望远镜，看到黄马已经跑下了高岗，正慢慢地向营地这边颠过来。

远远地，那日苏仅凭肉眼观察骑在马上的扎布夹着右臂略显僵硬的姿势就可以判断,那头黄羊已经被他捉到了。

黄马慢慢地跑近,距离营地还有半里地的时候,那头黄羊从扎布的腋下滑落下来,摔落在地上。

它像一只因为被巨人的大手揉搓过而显得戗毛戗刺的小鸟,有些不知所措地站了起来。

它一时还不知身在何处,而营地中远远观望的牧羊犬却迅速地发现了突然出现在它们眼前的猎物,在巴努盖的带领下咆哮着冲了过去。巴努盖一马当先,跑在最前面,它会毫不费力地一口叼住黄羊细瘦的脖子将它甩倒,随后它们就可以撕开黄羊的肚腹,品尝那温热的内脏了。

但它们兴奋的咆哮声却让摔落之后处于混沌状态的黄羊略有醒悟,它蹈动着纤细的四腿,最初的几步还略显蹒跚,随后那种奔跑的活力突然间回到它的身上,第一次弹跳足足跳出五米,随着几个柔韧如弹簧般的纵跳,眨眼之间视野中只剩下那轻佻扇动的尾巴了。

牧羊犬狂吠着追了过去。

那是没有意义的事,它们是牧羊犬,不是细狗,没有长途追逐的能力。

但它们似乎不会放弃这样的机会,尽管追上的机会几近渺茫。毕竟,在这么近的距离里看到黄羊,对于它们也是非同小可的事,平常,这精灵般的小动物仅仅是地平线上惊鸿一瞥的景致。

那日苏将注意力过多地倾注在牧羊犬追逐而去时扬烟造土的辉煌场面上,所以当黄马慢慢地踱近时,才回过神来。

扎布垂身低头地端坐在马背上,随着马的步伐而摇晃着,似乎在应和着马前进的节奏,他的双手垂在身体两边,松软地摇摆。

此时扎布的身体上弥漫着一种那日苏从来没有见过的倦怠,似乎他身体中最重要的东西被抽去了。

黄马喘息着一直慢慢地向前踱步,它似乎也感觉到背上的扎布突然不再控制它,放任它行走。在失去了控制之后,它似乎有些不安,试图对抗这种沉坠,努力调整着步伐,尝试着保持微妙的平衡,不让背上的扎布滑落。

这是一匹懂得如何保护骑手的马。

马已经走到了那日苏的面前,它一直保持着这个速度,无论是向左还是向右都会破坏这种节奏,打破那种脆弱的平衡,让它背上的扎布滑落下来。

它走到那日苏的面前，也就站住了。

平衡被打破了，扎布像是沙山上那些被触碰后溃散的沙层，瘫下马来。

那日苏接住了他，将他慢慢地放在地上，帮他松下马镫中的靴子。

那日苏感觉扎布的身体要比他猜测得还要轻得多。

一块巨大的云正被风吹过草原，从营地的上空滑过。

一瞬间，云团遮住了耀眼的阳光，营地已经被笼罩在凉爽的云影之中。

那日苏不用抬头也知道这是一片很大的云，它越过营地，需要足够长的时间。

狼
辙

狼嗥听起来似乎就在耳边。

但我知道那是我的错觉，这荒野的呼唤其实应该还在远方的山谷间回荡吧。这一会儿，它们只是在呼唤伙伴，真正向营地靠近的时候应该是在深夜。

在这紧邻大兴安岭余脉的冬日草原，如果晚上没有狼嗥，倒是会让人感觉有些寂寞。只要习惯了，就会发现这从遥远山谷中扶摇而起的悠远的狼嗥是夜晚必不可少的一部分，更多的时候会产生催眠的作用。

我睡得很好。过了很久，我才被撞击蒙古包毡壁的沉闷的声响惊醒。

这次是真的在耳边，我的头与它们仅仅隔着一层薄薄的毡壁。它们在喘息、撕咬，獠牙相碰时发出金属叩击般的铿锵声响。

我们已经习惯了,几乎每隔几天,山谷中的狼就会骚扰营地。

它们也许是为了食物。但现在羊群已经全部赶到山下更温暖的营地。山上的营地只剩下一群马,它们都散放在山谷中,仅有两匹乘马拴在营地里。

更多的时候,我感觉这些狼来营地只是因为它们闲着没事,让拴在营地边的乘马惊恐万状就能使它们感到前所未有的满足。

当然,这次它们是为了食物。

两天前,我进山时在雪窝中发现两头冻死的狍子❶,用马驮回来,准备喂营地上的牧羊犬。

昨天一天,营地上的三头狗就啃光了一头狍子。我惊叹于它们巨大的食量以及惊人的咬合能力,那狍子已经被冻得像石头一样坚硬。

现在,蒙古包外面还剩一头狍子,扔在营地前面。

就是这头死狍子把狼吸引来了。

但在这样的冬日夜晚,无论是正在酣睡的呼日德还是我,都不会离开生着羊粪火的温暖蒙古包去领受外面的冰天雪地。

---

❶ 狍子:隶属于偶蹄目鹿科。体长95~140厘米,尾长2~4厘米,体重30~40千克。全身体毛为棕色或棕黄色。臀部有白色臀盘。雄兽头上有小角,分三叉,角干多结节。分布于欧洲、亚洲中部、亚洲东部等地。早晨和黄昏活动,单独或结小群。以树叶、青草、地衣等为食。每年8~9月发情。怀孕期为294天。6月产崽,每胎产2崽。13个月龄达到性成熟。寿命为10~12年。

三头牧羊犬,除了一头两岁的还略显稚弱,另外两头是老狗,都有咬败过狼的战绩,头颈上留下斑斑伤痕。整个冬天,牧羊犬食物充足,毛根发亮,谷地里那些干瘦的狼显然不会是它们的对手。

就让它们撕咬去吧。寂寥的山上营地偶尔也需要一点儿乐趣。这次,我准备在营地上住一个月的时间。

此行没有什么目的,如果说一定要给自己找什么目的,那就是我发现附近的山上栖息着一只金雕❶，我希望拍到它的清晰照片。

我在谷地里一块陡立的巨大岩石上放了一头冻死的狍子，那岩石是狼无论如何也爬不上去的。这是诱饵。

在对面的山坡上，我用松枝搭了一个掩体，上面覆盖上雪，每天没事就去那里蹲上一会儿，寄希望于能够拍摄到几张金雕的照片。

显然，它并不缺少食物，或者对于这过于张扬而且突兀地出现在岩石顶端的食物感到不安。它过于谨慎了。

我几乎每天都能看到它那巨大的身影如同一片席子一样滑过山谷，但它从来没有落在岩石上进食。

即使我不在掩体中的时候它也没有降落过，狍子身上落的雪一直没有被触碰过。

对于我来说这无所谓，如果拍到了，可以放在我即将出版的新书里，应该可以为书增色不少；拍不到也无所谓，就当每天上山来呼吸新鲜空气了。

---

❶ 金雕：也叫洁白雕，隶属于隼形目鹰科。体长 785～1015 厘米，体重 2～5.5 千克。分布于欧亚大陆、北美洲和非洲北部。栖息于草原、荒漠、河谷和高山针叶林中。单独或成对活动，有时也结小群。以中大型鸟类和兽类为食。2～3 月繁殖，筑巢于高大乔木之上或悬崖峭壁上，每窝产卵 2 枚。

我与它最接近的一次接触是一个黄昏。我在掩体里蹲了一会儿，因为过于无聊，就试着用镜头捕捉在对面山坡树上追逐的两只灰松鼠❶。我仅仅能够在镜头中看到它们的影子，一直没有按动快门，这种照片拍出来毫无意义，距离太远，除了我，没有人知道树干上那灰黑色的小点儿是什么。看起来，它们就是为了攀爬而生的，能够以惊人的速度在陡直的树干上下追逐，如履平地。它们在树上上蹿下跳，移动时就像镜子反射的阳光在物体上一掠而过。

　　随后，它们似乎突然被什么惊动了，像闪电，但那速度显然比闪电划过阴霾天空的速度要快很多，真的快很多，转瞬之间它们已经蹿上茂密的树冠，不见了。

　　我放下相机，准备爬出掩体，今天到此为止了。

　　就在此时，一道黑影遮住了狭窄的观察孔。

　　我知道是它来了。

　　从观察孔望出去，它缓慢地滑翔着飞越山谷，沉稳无声，

---

❶ 灰松鼠：普通松鼠，隶属于啮齿目松鼠科。体长20~24厘米，尾长18~21厘米，体重250~445克。全身体毛为黑褐色，耳尖有长而粗的黑色簇毛。四肢内侧白色。尾巴棕黑色。分布于中国东北、华北和新疆北部，以及俄罗斯东部、蒙古国和日本等地。栖息于针叶林和针阔叶混交林内，白天活动。在树洞或树杈间筑巢。行动敏捷。以树木的果实、种子、嫩芽，以及昆虫等为食。每年产2胎，每胎产3~6崽。5到8个月龄达到性成熟。寿命为8~9年。

所过之处顿生肃杀之气，这是大型猛禽出现时必然的结果，獐狍鼠兔无不屏息注目，随后落荒而逃。

那两只灰松鼠倒是完全没有必要那么急切地逃之夭夭，这种大型猛禽只擅长在开阔地带迅猛的扑猎，对于在林木间的轻灵小兽，显然是望尘莫及，只有游隼❶之类的小型猛禽能够做出绕着树干追逐这样的高难动作。

我端起相机准备拍摄时，金雕已经飞越了半个山谷。此时，观察孔的局限性就显现出来了，它只是我为了观察那块岩石上的部位而选择的，此时，金雕已经到达掩体正上方的天空，进入观察孔的死角。

我爬出掩体时，金雕正飞越我的头顶，与我不过十几米的距离。

我按住快门，以每秒十张的速度不断地拍下去，直到它越过山脊。我在显示屏上浏览这些照片，只拍到了金雕的腹部，当然，还有伸展的巨大的翅膀。在长焦镜头下，金雕的羽毛纤毫毕现。

今天的收获尚能令人满意。

我骑着马走出山谷时，路过一片平坦的草原，这里有一条

---

❶ 游隼：隶属于隼形目隼科。分布几乎遍及世界。栖息于山地、丘陵、荒漠、海岸、草原、河流、沼泽地带。多单独活动，性情凶猛，飞行迅速。主要捕食野鸭、鸥、鸠鸽类、乌鸦和鸡类等中小型鸟类，偶尔也捕食鼠类和野兔等小型哺乳动物。

古道，两道深深的车辙在盛夏季节绿草如茵的草原上画出两条长线，并肩而行，依着草原上微妙丰厚的起伏直指天边。

但现在，什么也看不见，都被厚厚的大雪覆盖了。

远远的，我就看到雪地里狼藉一片。

一头狼从死马的身上抬起头来看着我。

我催马冲了过去，那狼最开始还犹豫着，随后放弃了，向山上逃去。

一旦它进入森林里，骑着马的我就没有任何办法了，因为马无法在密林中奔跑。

到山麓还有不到两公里的距离，最开始我以为自己会追上它。它因为吞食了太多的肉块肚腹沉重，跑得非常艰难，而且，我发现，它有一条后腿是瘸的。

它来不及跑进林子里，我就会追上它。

但我并没有想好，真的追上它，我应该拿它怎么办。除了手中的马鞭，我没有其他武器，也并没有打算直接纵马踏死它。尽管它捕杀了营地里的马，但我并没有杀死它的想法。今天它的运气不错，如果遇到的是呼日德，毫无疑问，今天晚上它的皮就挂在营地外面了。

我与它的距离越来越近，我突然意识到自己的尴尬，即使我真的追上它，也做不了什么。

难道就是为了跟它并驾齐驱不成。

也许，有时候追逐仅仅是人类自远古时代留存在基因中的本能吧。

但在这个时候，前面的狼突然停了下来，它艰难地挺直了脊背，然后呕出了大块的肉。

随后，卸下了负担的狼跑得很快，还原了狼在狂奔时那种飘忽的步法，在身后的雪地上留下一串飞扬的雪块，很快就跑进了黛色的山林中。

我松了一口气。

我打马慢慢地跑回刚才死马那里。雪地上一片狼藉，红色的血在雪上异常刺眼、醒目。所谓狼藉，大概就是指狼捕杀猎物后混乱的场面吧。

这是一匹三岁左右的母马，被咬中颈部而死，腹部已经被掏开，内脏流了一地。

我有点儿搞不清楚，这些蒙古马性情暴烈，一般情况下，狼如果不是三五头成群，根本不会贸然进攻。即使能够结群，它们也是在实在没有任何食物的时候才冒险捕食幼驹，很少攻击成年的马。它们在捕猎幼驹时，往往会面对母马赴死般的抵抗。

总之，马，从来不是狼的首选猎物。这些年，这片谷地牧场中也几乎没有听说马被狼袭击的事件。

一方是如此强壮健康的成年马，而另一方从奔跑的姿势就可以判断是身体状况明显欠佳的老狼。如此悬殊的实力对比，实在搞不清楚那头狼是怎么将马扑倒咬死的。

带着这个疑问我骑马回营地了。

回到营地时天色已暗。呼日德准备第二天和我一起再去看

看那匹被狼捕杀的马。

第二天早晨,我们赶到那片谷地外平坦的草原时,显然,狼群已经在夜里举行了饕餮盛宴,马身上的肉被啃得一丝不剩,血迹斑斑的雪地被踩踏得又硬又实,上面只剩下一块块被叼得七零八落的骨头。那些狼显然是饿坏了,甚至还试图咬碎马坚硬的颅骨,吮食其中的脑浆,它们的獠牙在马硕大的颅骨上留下斑斑的齿痕。

我们在现场看了一会儿,确实弄不清楚那头狼究竟是如何做到的。最初的现场确实只有那头老狼在那里,根据足迹我当时就判断是它独自完成的捕杀,而晚上这些狼群显然是过来分一杯羹罢了。

我们也做不了什么。营地上没有枪,如果找枪还要去几十公里外的另一个营地。在这种接近零下40℃的天气,我和呼日德都不愿骑着马顶着严寒出行。我们所能做的也就是黄昏时将散放在附近的马往营地附近圈了一下,仅此而已。其实这没有什么实质性意义,营地附近根本没有棚舍,又不能把所有的马都拴起来。

对于这匹被狼捕杀的马,呼日德似乎并不在意。

整个冬天,营地里只剩下他一人,看管着剩下的这几十匹马。其实也算不上看管,马游散在山谷里,他待在营地里就是有个照应，如果马跑得太远往回圈一下，免得跑出边境去。

这些几乎半野生的蒙古马根本无需照顾和补喂饲料。同样，狼对它们也没有任何办法。有时候，我感觉这些马本身也是野兽。

三天后的一个上午，我又去自己在山坡上的掩体那里。

那只金雕远远地在草原上空盘旋，也许是发现了什么猎物吧，看起来并没有飞回山谷的意向。我索性从掩体里出来，在外面找了一块岩石坐下，从随身带的保暖水壶中倒了一杯奶茶，俯瞰冬日阳光下的山谷。

后来，远远地那金雕在天空中一偏翅膀，俯冲下去了。显然，它找到自己的食物了，今天，它到我的布食点上去取食是绝对不可能了。我收拾东西准备回营地。

骑着马刚刚走出山谷，我看到在前面的雪地上又有一匹马被咬倒了，还是在相同的地方，距离上一匹马的骨骸不到五十米。

还是那头狼干的。

看到我远远地出现，它逃开了。

我懒得再去追它，目视着它跑进丛林。

马显然刚刚被咬倒，是一匹两岁多的公马，致命伤在喉部。这次我就更弄不明白了，以那头狼的实力无论如何也无法咬翻这匹健壮的小公马，事实上，它如何追上这匹马根本就是一个问题。

更奇怪的是，在雪地上我几乎没有发现任何挣扎对抗的痕迹，似乎这匹马是服服帖帖地站在那里让扑过来的狼一口咬住自己的咽喉，窒息而死的。

我下了马，仔细地查看了附近的蹄印，看起来，确实是那头狼自己干的。它似乎是绕着大圈追赶着马在附近徘徊，在这里反复地跑了几个来回。后来，不知道它通过什么方式，成就好事。

这是一头捕猎能力很强的狼。

回到营地后，呼日德得知第二匹马又命丧狼口之后，决定去附近的另一个营地取枪，同时也要去镇子上采购一些生活必需品。

在呼日德离开营地的第二天，我再次穿过山谷准备去自己的掩体时，看到了那头狼捕猎的全过程。

那天，像往常一样，在还没有进入山谷时，为了确定那只金雕是否已经飞出山谷去草原上捕猎食物，我下马，拿着望远镜爬上山坡，找了一片没有树木遮挡的地方，在草原的无风后湛蓝的天空下，以及一些突出的巨石上搜索了一下，并没有发现它的踪迹。

我正准备收起望远镜下山时，注意到山下谷地里两个飞速行进的黑点。

仅凭肉眼，也可以辨认出那是一头狼在追逐一匹马。

最开始，我准备下山骑马过去驱赶那头狼，随后又决定静观事态变化，看看它到底是怎样一次次捕猎成功的。

如果有什么变故，我倒是也可以随时下去阻止。

远远地，那头狼在后面追逐着那匹黑马。那应该是马群中一匹三岁左右的公马，正是生命力最旺盛的时候，奔跑时那一身黑色的皮毛在阳光像某种金属闪烁着黑到极致时蓝色的亮光，从未被修剪过的鬃尾酣畅淋漓地飘动着。在它的身上，生命力如喷薄而出的泉水般不可遏制，有时候，它甚至会突然不由自主地奔跑起来，没有任何理由，只是因为它的体内有一种强烈的热望催促着它奔跑起来。很多进过草原的人都有这样的经历，有时，开车过草原，在路边的牧场上，会突然有一匹年轻的公马冲出马群，与高速行驶的汽车并肩而驰。马就是为奔跑而生的，无论是动物还是机械驱动的汽车，它都会尝试与它们一决高下。

去年，曾有人试图以三万元的价格购买这匹黑马，但被拒绝了。

只要这匹黑马愿意，就可以轻而易举地摆脱狼的追逐。

而跟在它身后的狼跑得并不轻松，甚至有些磕磕绊绊。以它们的实力相比，狼是永远也追不上这匹马的。

但事实上，年轻的黑马自恃能力超强，在将狼抛下很远之后，它却并没有逃开，而是放慢速度，停了下来，在原地盘旋着，踢拨开雪层，寻找下面的牧草。

感觉它更像是在向那头跟在后面的狼挑衅。

否则，它可以轻易甩开这头狼，到南侧温暖的山坡下寻找自己的马群。

黑马的这种自恃不凡也就给了狼调整的机会，让它能够从后面跟上来，与黑马的距离越来越近，直到它们开始新一轮的追逐。

对于这匹年轻的黑马来说，这更像是一种游戏。但紧紧跟随在它身后的老狼显然不会这样想，它在为了能够活下去而努力奔跑，这样的寒冬，捕不到猎物，它根本就挺不了几天。

很显然，这头老狼并不属于山谷中的那个狼群，它总是形单影只地独自捕食。

当然，此时它也正在悄然间触碰到这恒久的禁忌。在这荒寒的草原之上，千年以来狼族与人类都在固守着各自的界限，牧人与狼在共同分享着草原。牧人饲养牲畜逐水草而居，仅为维持生活，当他们进入狼群的领地时从不侵犯它们，或者捕杀它们的幼崽；同样，狼也不能侵犯人类的营地，偷袭牲畜。但若是人掘了狼洞捉了狼崽，或是狼群因为食物短缺捕杀牲畜，这种原本脆弱的平衡就被打破了。

狼会为了幼崽舍命相搏，而与牲畜共命运的草原牧人当然不会放过偷掠牲畜的狼。

其实，此时这头捕杀了两匹马的狼早就已经破坏了那最后的禁忌，所以呼日德才决定出山去取枪。

狼又追上黑马，开始新一轮的追逐。

我站在山坡上，看着它们在下面平坦的谷地纵情追逐。我喜欢看那些没有被人驯服骑乘过的马奔跑的样子，那是发自身体内的一种力量的张扬，在这种时候它们还不了解禁锢的含义。更多的时候，它们是在为奔跑而奔跑。马，就是为了奔跑而生的。而一旦被人类驯服，钉了蹄铁，备上鞍子，勒了嚼子，那种奔跑时尾毛蓬起如莲花状，鬃毛披散的气质就永远离它们而去了。从此，奔跑成为它驮载着主人的一种责任，一种工作。它不再会仅仅是因为快乐，一种奔跑的渴望而去奔跑了。

跑了一会儿，它显然是故意地放慢了速度，待狼追得越来越近，试图贴近自己时，它突然间腾起后腰，两只后蹄迅猛地向后弹出。狼接近时颇为谨慎，此时立刻闪到一边。

两只后蹄踢了空，在空中弹出一道有力的弧线。

如果这一击命中，那么毫无疑问，如果踢中头顶，狼基本就会立时颅骨粉碎毙命；如果踢中躯体，毫无疑问会肋骨碎裂内脏重伤；如果是腿，顿时就会骨断筋折。

我曾经见过两匹雄马争群，一匹马竟然被直接踢出四五米远。

看此一击不成，那黑马又不紧不慢地跑开了。看来它确实是并不紧张，就此开始了又一轮的追逐。

狼确实没有马快，但在平坦的谷地里跑了两圈之后，我发现，即使马跑得轻松，却也并没有将狼落下多少。它一直紧紧地跟在马的后面，保持着一个不远不近若即若离的距离。

这似乎是一场永远不会有结果的追逐。

以这头狼的能力，凭它一己之力，无论如何是扑不倒黑马的。直接扑上去攻击，简单是笑话。

我实在搞不清楚，狼究竟在等待什么。

它们就这样像是在打发冬日午后懒散的时光，在温暖无风的山谷中往复奔跑。

其实，有一刻连我都忘记了其实这是为了获得生存机会的生命追逐。抛开这匹黑马本身的强壮和狼的老弱不谈，这是生物界最基本的竞争。马得跑得更快，这意味着它可以将捕食者远远地抛在后面，获得生存下去的机会；而狼只有将这匹马咬倒，才能填饱干瘪的肚囊，挺过严酷的冬天。

在它们又跑了两圈之后,我已经对它们这种没完没了似乎永远没有尽头的追逐感到厌倦了。

我准备下山驱马赶走老狼,将黑马圈到营地附近。

我刚往山下走了几步,也许是因为观察角度发生了变化,在耀眼的阳光下,狼追逐马时破开雪层的痕迹呈现出的阴影,异常明显地标示出它们几次往返追逐的轨迹。

那是几个几乎大小相同的相交的椭圆形,规整得让人怀疑是刻意画上去的。

显然,是它们有意在按照某种意图这样奔跑。

我再仔细观察,迅速地排除了那匹年轻的黑马,它只懂得在体内野性血液的激荡下没完没了地疯跑,才不管在雪地上留下什么线条。

那么,始作俑者显然是跟在后面的那头狼,那头老狼。

此时,黑马已经几乎跑出谷口,显然,它对这种游戏感到厌倦,打算离开了。

跟在它后面的狼放慢了速度,似乎放弃了。

看到身后的狼有放弃追捕的打算,这匹黑马的逆反心理又在作怪,它也慢了下来,在原地蹈踏着脚步,随后竟然低头象征性地啃食着雪上露出的干草。

狼慢慢地挪动着,从黑马的外侧兜了一个大圈,不知不觉间阻断了黑马离开山谷的去路。随后,它加快速度,又向黑马追来。

又开始了,黑马在前面奔跑,狼在后面紧紧跟随。

穿越平坦的谷地,狼故技重施,又一次从外侧绕着大圈,把黑马圈回到谷地里。

看起来,它的目的非常明确,阻止黑马离开谷地,不让它从两侧的谷口逃走。

但它最终的目的是什么,难道最终盼望这匹黑马会累得头昏眼花一头栽倒。那是根本不可能的,恐怕还没等黑马累倒,它自己倒会先跑炸了肺。

那么它是想就这样拖着这匹黑马,然后等到天黑之后山上的狼群过来增援,一起合力将黑马捕获。但上两次成功的捕杀都是它独自完成的,它显然没有和其他的狼群合作捕猎的打算。

突然,那匹黑马一个趔趄,险些栽倒,它的前蹄几乎跪倒。但它很快略显狼狈地调整了步伐,又向前跑去了。而跟在它身后的狼已经高速蹿进,准备下口,因为马并未真正倒下,它只能再次紧紧跟随。

当这匹已经显得有些惊慌的黑马再一次被圈回来的时候,它又一次几乎跌倒。这次狼毫不犹豫地冲过来,咬向马的咽喉,但马因为并未受伤，挣扎着站了起来，将它踢开，跑开了。

我远远地观望着马两次跌倒的地方，相距不过十几米，而向前望去，是那两匹死马的残骸。

我惊讶地发现，它们几乎在一条直线上，总之像是有意摆出的一条直线。

这恐怕，不是巧合。

黑马为什么总是在那里跌倒。

我紧盯着那片看起来非常平常的雪地，努力想看出那里究竟与其他的地方有什么不同。

在雪的下面会有什么。

这个想法让我顿时茅塞顿开。

在盛夏季节，那里有一条穿越整个山谷的古道，这条古道也许源自遥远的成吉思汗时代，一直沿用至今。勒勒车包铁的轮子在草地上留下两道深深的车辙。

冬日的大雪掩盖了这两道车辙。

每天我骑马过山谷时，我骑乘的那匹老马在走过这片地域时总是小心翼翼，落蹄非常谨慎。看来只有老马才晓得其中的厉害。

我终于明白狼为什么会一次次将黑马圈向那里，而在快要接近被雪掩盖的车辙时突然加快速度。马不知道雪下有车辙，

蹄子陷了进去被绊倒,被摔得头昏眼花之际,狼就可以直扑过去,直接攻击马的要害部位——咽喉。

这也是前面两匹马会丧身于此的原因了。

这狼实在有些不可思议,竟然懂得用陷阱来帮助自己捕猎。它一次次地将圈进谷地的马赶向雪下的车辙,只是为了能够在马跌倒之后下口攻击,然后大饱口福。

我不知道它是如何学习到这种捕猎方式。也许是第一次它在追赶母马时,母马恰巧在那里跌倒。它发现了其中的一些必然的联系。

第二次依此方法再次成功,让它巩固了自己的经验。

而第三次它就已经驾轻就熟地利用这一陷阱了。

我多少有些欣赏这头老狼。

我下了山坡，上马。本来还想再看一会儿这头老狼的精彩表演，并最终确认它确实可以咬倒这匹不知天高地厚的黑马。

但考虑到黑马可能在再次陷入雪下车辙时折断腿——对于一匹马来说那就是生命的终结了，我还是决定结束这场追逐。

我高呼一声，然后打马向黑马身后的狼追了过去。

它听到我的喊声，愣了一下，撒腿就往山上跑去，跑出几步，它才停下来，向这边张望。小时候我的爷爷告诉我，此时，是射击的最佳时机，受惊的狼逃开后，跑出几步，总会停下确定一下自己究竟是被什么惊到了。

可惜我的手中没有枪。

那头老狼似乎也意识到这一点，它站在那里看着我，竟然并没有逃开的意思。看来它对人类的枪太了解了。

这种公开的蔑视多少让我有些懊恼，我狠狠地抽打骑乘的马，向它追了过去。

它这才挪步向山上跑去。我并没有追出多远它就钻进了山边的灌木丛。

我转回来时，那匹黑马正有些不知所措地站在原地喘息，看来刚才的追逐还是耗费了它太多的体力。

它恐怕还不知道自己刚刚在鬼门关上走了一遭吧。

我轰赶着它离开谷地，回营地。

呼日德带回了枪。

这是一支老旧的半自动步枪，但是被保养得很好。枪管和各个金属部件都涂过油脂，没有一点锈蚀的现象，枪托上的油漆早已剥落，但是因为长久地使用，被汗和手上的油垢摩擦浸润，呈现出一种红铜的颜色来。

随枪的弹夹里有五发子弹。这已经足够了。

本来说好，第二天早晨呼日德和我一起去射杀那头老狼。呼日德自称枪法过人，打死了狼正好做一条狼皮褥子。

毕竟，这头狼祸害了两匹马，被射杀也是罪有应得，我也不好再说什么。

但第二天，我只能独自带枪出行。

这次呼日德出去，除了带回了枪，还在路过附近一个小镇上时带回了四瓶闷倒驴❶。

晚饭时他喝了一瓶，早上我起来的时候发现三个空瓶，另一个瓶子里还剩下不到半瓶。

这些酒已经足以让他安睡两天。酒醉，那是另一个世界，无需再面对刺骨的严寒和寻找走失马匹的疲劳与无奈。

---

❶ 闷倒驴：内蒙古地区所产的高度白酒，因其酒性醇烈，故得此名，意为可将驴醉倒。

在冬季独自留守营地确实寂寞,我仅仅会在这里待上一个多月,而他则要待上整个冬天。

我只能一个人去驱逐那头狼了。

我不准备射杀它,只要把它赶走就行了。

早晨,我骑着马慢悠悠地走向那个山谷,远远地就看见,它果然在那里。

几天没有食物,它正在那堆骨头旁边发呆,显然试图从零落的骨头里再找点儿什么,但这些骨头显然已经被狼群咀嚼了几遍,根本没有任何油水了。

有时候,我感觉狼这种动物过于聪明了。

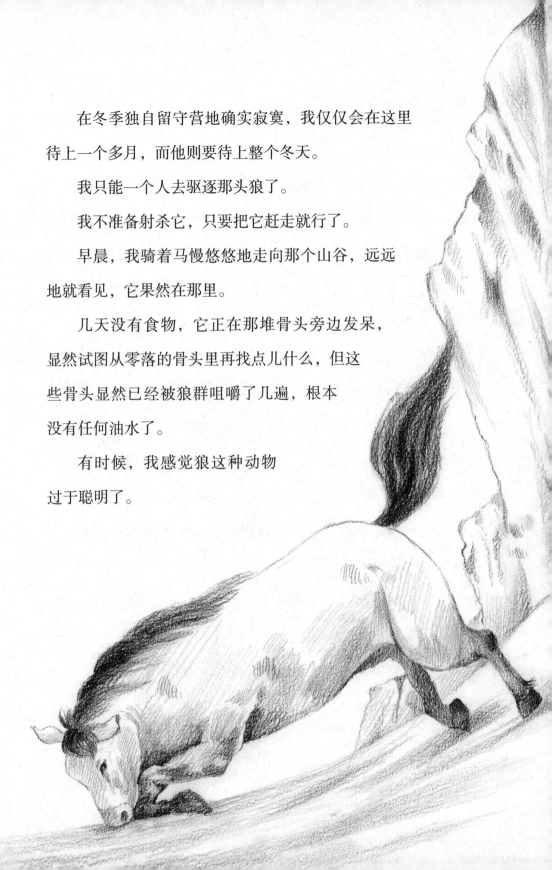

我刚刚出现在它的视野中，它就慢慢地挺直了身体，向这边张望，也许是我的错觉，它表现得比以往更谨慎一些，可能是它嗅到了风中枪的味道吧——我处于上风向。在狼灵敏的嗅觉中，那应该是混合着油脂和呛鼻火药的刺激性气味，它们最不喜欢的应该就是这种味道吧。伴随着这种气味出现的总是巨响、烟雾、伤痛和死亡。

以前，我骑着马到距离它只有二十几米时，它才逃开；这次，足足有五十米的距离时，它就已经掉头向山上蹿去了。

我轻拍着马向前又慢跑几步，给它足够的时间让它又跑出一段距离，然后才翻身下马，从肩上摘下枪，取下手套，打开保险。手指碰到扳机的护圈时不由得一哆嗦，天还是太冷了。

尽管并不想射杀它，仅仅是准备把它轰走，但怕自己随手一枪歪打正着，把它轰倒，我还是认真地瞄准。

回去只能告诉呼日德自己枪法一般，接受他尚未从酒醉中醒来的嘲笑吧。

最后一次开枪已经是几年之前的事了。在大兴安岭，跟鄂温克朋友维加一起巡山时打赌，我射中一只飞龙❶。

在准星里可以看见它在疯狂地奔跑，它显然已经意识到身

---

❶ 飞龙：花尾榛鸡，隶属于鸡形目松鸡科。分布于欧亚大陆西部到亚洲东部等地。栖息于阔叶林或混交林中。有明显的季节垂直迁移。以植物的嫩枝、嫩芽、果实和种子，以及昆虫、蜗牛等为食。

后的人类正举着枪在指着它吧。如果它曾经有机会躲过人类的枪弹，一定会对这种武器深有体会。

我瞄准它身后一米左右的位置，放了一枪。

随着枪响，子弹击中了它身后的雪地，炸起的雪块飘洒起来，扬起非常漂亮的雪雾。

狼受了惊吓，跑得更快了。

一枪之后，我顿时来了兴趣，这次瞄准狼前方四五米远的一块黑色的石头。

这一枪准确命中，因为打得偏了一点，击中石头的边沿，子弹切削下来的石块迸起时弹到了狼的身体。

正在急速奔跑的狼显然被石块弹中，身体打了个趔趄。这样很好，既不伤害它，又给它留下痛苦的记忆，以后，它会远离人类的营地。这样无论是对它，还是附近的牧民，都好。

它逃进了山边的灌木丛中。

很快，茂密的林木就隐匿了它的形迹。

我将子弹退膛，又卸了弹夹，然后背上枪上马，骑马进山谷。

我有足够的耐心和时间，那只金雕耐不住了总会落下来的。

2010 年 5 月 26 日

季节的更迭
生命的轮回

——《狼谷男孩》阅读活动

吉忠兰 文

这是一个关于轮回的故事，季节的更迭，生命的轮回；这也是一个关于成长的故事，草原牧羊犬巴努盖的成长，狼谷男孩那日苏的成长。

读过《狼谷的孩子》和《狼辙》，感悟主人公的成长，感受文学的曼妙，保持一颗对自然和生命的敬畏之心。

阅读目标

1. 借助目录，概括故事大意。
2. 品读文字，感悟小牧羊犬巴努盖和狼谷的孩子那日苏的成长轨迹；透过扎布的言行，体会他对自然和生命的敬畏之心。
3. 聚焦重点场景描写，品味黑鹤的语言，感受文学的曼妙。

精读方法

一、理清脉络，概括大意

1. 故事中写到的人物

梳理人物

故事中的人物关系并没有特别交代，需要仔细阅读揣摩。这就是海明威的"冰山理论"。

2. 发现目录的秘密

冬——每一片雪花

春——青草长高的时候

夏——莫日格勒夏营地

秋——风过金草地

冬——静静的山谷

春——羔羊

夏——夜

秋——云影

读了目录，我发现，这个故事是按照 _____ 顺序写的。

3.照样子，概括每个章节的主要内容

(友情提示：谁干什么？怎么样？围绕主人公哟！)	
冬——每一片雪花飘落，老巴努盖三战狼群，壮烈死去。	春——青草长高的时候，_____。
秋——风过金草地，_____。	夏——莫日格勒夏营地，_____。

一年

[友情提示：谁（主人公）干什么？怎么样？]	
冬——静静的山谷，_____。	春——羔羊_____，_____。
秋——云影_____，_____。	夏——夜，_____。

又一年

二、狼谷的牧羊犬

1. 阅读第一章，提取信息，书写感悟

老巴努盖与蒙古狼的战斗	战况	我的感悟
第一次		
第二次		
第三次		

2. 聚焦重点片段，朗读体会

片段1：

　　狼嗥，是冬日草原夜晚的一个重要组成部分。在冬天的夜晚，一声遥远的嗥叫像一朵从地平线后面升起的小小的火苗，微弱但清晰，很快，更多的火苗此起彼伏地燃起。当然，当这些火苗集聚在一起，并且为相互间默契的应和而沾沾自喜时，营地里的牧羊犬就开始不安了，它们略显惊恐却也颇为期待地咆哮着，围护着紧紧挤在一起的羊群，它们整夜都是这样的。

体会要点：

　　比喻的精妙（这样的比喻在黑鹤的书中还有很多，找出来，读一读，品一品）；狼群的嚣张与牧羊犬略显惊恐的对比。

片段2：

两头动物是巴努盖和一头狼。

那日苏还勉强可以辨认出那是巴努盖。

但仅仅是勉强，它身上的皮被大片地揭开，一条后腿显然已经被咬断，耷拉着，脖子几乎被撕烂了。而致命的伤是腹部那道可怕的创口，腹部被自上而下地整个撕开了，几乎所有的内脏都流淌出来。

而巴努盖压在身下的那头大狼，被巴努盖咬住了咽喉，早就窒息了。

体会要点：

从巴努盖的伤势感受它的无畏、顽强和凶悍。

朗读想象，巴努盖在双目失明的情况下，与狼决斗的场景。

3. 阅读第二—八章，梳理小巴努盖的成长轨迹，记录关键事件，作出评价

（初遇那日苏毫不退缩、生病、抓住猞猁、救泥潭中的扎布）

片段3：

地上不是一头野兽，而是一头野兽和巴努盖。

巴努盖死死地咬住了那头陌生野兽的咽喉。它静静地卧在那里，似乎因为自己口中有了可以咀嚼的物件而无限满足。

那头陌生的野兽显然已经死了，当然在此之前它也经过一番可怕的挣扎。即使巴努盖黑色的皮毛看不出颜色来，但也可以看出皮毛已经被洇湿了，那应该是血。

片段4：

  在那边，巴努盖倒是干得有声有色。它咬着扎布的袍子拖拽几下，自己的爪子要陷下去的时候，马上转移地方，从另一个方向再次向外拖拽。它已经拼尽全力，叼住扎布的袍子用力向后拖拽。它的鼻子里发出像咬住狼时绝不松口般的低沉咆哮，既像是在跟吸附着扎布的淤泥较劲，又像是在为自己鼓劲。

  那日苏什么也做不了，只能远远地在一边高喊着为巴努盖鼓劲。

  扎布自腰以下都陷在淤泥中，这也就让巴努盖拖他出来时更费力气，为了让自己不在一块地面上待得太久而陷下去，巴努盖不断地挪动着位置，从不同的角度拉扯着扎布。远远地看过去，似乎是巴努盖在对付一块过于烫嘴的食物，不知如何下口才好。

  从这一连串的动作，你感受到这是一头怎样的牧羊犬？在它身上，你是否看到了老巴努盖的影子？

三、狼谷的孩子

1. 在对比中感悟那日苏的成长轨迹

  那日苏的成长离不开扎布潜移默化的影响，阅读全文，梳理扎布、那日苏与草原动物相处的情形，你发现了什么？

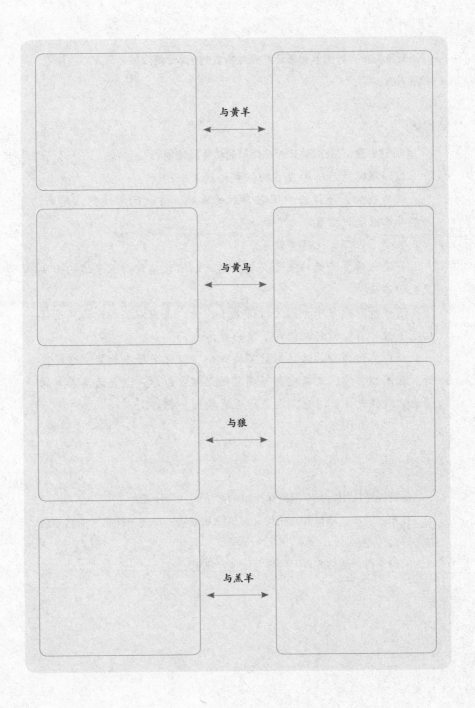

聚焦扎布追赶黄羊和那日苏唱劝奶歌的场景，朗读最打动人心的片段，交流感悟。

联结：

《狼辙》中，"我"是如何对待猎捕幼年马的狼的呢？

我瞄准它身后一米左右的位置，放了一枪。

随着枪响，子弹击中了它身后的雪地，炸起的雪块飘洒起来，扬起非常漂亮的雪雾。

狼受了惊吓，跑得更快了。

一枪之后，我顿时来了兴趣，这次瞄准狼前方四五米远的一块黑色的石头。

这一枪准确命中，因为打得偏了一点，击中石头的边沿，子弹切削下来的石块迸起时弹到了狼的身体。

正在急速奔跑的狼显然被石块弹中，身体打了个趔趄。这样很好，既不伤害它，又给它留下痛苦的记忆，以后，它会远离人类的营地。这样无论是对它，还是附近的牧民，都好。

——《狼辙》

思辨：

你赞同塔拉用吉普车追赶碾压狼的做法吗？为什么？

扎布、塔拉、那日苏，三代人对草原和动物的态度一样吗？他们分别是怎样的人呢？

回顾全篇，那日苏长大的标志体现在哪里？

2. 发现隐喻

句子1：

　　修补这个镶有银饰的古老鞍子，几乎是他每天早晨的例行公事，当然，也更像一种富有仪式感的行为。

句子2：

　　每天除了遛马之外，更多的时间，他都在修饰那副古老的鞍子。他将从旗里买回的银子耐心地锤打成精美的银片，然后包镶在鞍子的上面。而鞍子上原来的银饰，则被他用软皮子擦得闪闪发亮。就连鞍子上的皮件，也被扎布擦拭得呈现出阳光下的红铜一样醇厚的颜色。

　　这个古老的鞍子，在故事中有什么特殊的寓意？
　　想一想，这个故事写那日苏的部分并不是特别多，为何要以《狼谷的孩子》为题呢？
　　读了故事，你能够预知男孩那日苏未来的生活吗？（从坚守草原和离开草原两个角度去预测）

《狼辙》阅读单

班级 _____ 姓名 _____

1. 本文写了谁干什么？简要概括，或用图文的方式，创意画一画。

2. 什么是"狼辙"？到文中找到相应的句子，读一读。

    句子摘抄：

    我想象的画面：

3. 阅读故事，填写。

我与狼相见的次数	狼的行为	我的行动和感想

4. 细读狼猎捕马的过程，想象画面，体会写法。